山は心の支えだった

文と版画　中村　晃忠

はじめに

今年、僕は数えで傘寿になった。世の中には、年齢などに関係なく若々しく情熱的に活躍している方々がおられるけれど、大方は、衰えを感じながら毎日をなんとか過ごしているはずである。あがいている、と云ってもいい。実感である。

父は94才で死んだが、最後まで日々のルーチンに手を抜かなかった。起きると、隣りの娘宅へいって朝食をとり、自分の茶の間に戻って茶をすする。それから丁寧に掃除機をかけ、洗濯をして庭先の物干しに干す。それが終わると、新聞二紙の特に俳句欄にゆっくり目を通し、その後、本を読んだり、俳句をひねったり、昔からの仲間との旅行計画をたてたりで、書斎にこもる。昼寝の後は散歩と庭の散水である。夜、燗酒2本をちびちびやって、TVを見ながらコックリ、コックリ、そして、寝た。

亡くなる数年前になって父は、やおら句集を印刷して家族、親戚、友人、知人に配り始めた。父の俳句つくりは随分若い頃からだったようだが、僕は全く知らなかった。それで僕も、つたない俳句をひねって父に見せることにした。父と息子があらためて向かい合うと酒なしでは会話は難しいものだが、俳句のおかげでそれができたことは本当によかったと今更に思う。父が亡くなった時に身辺整理をしたら俳句ノートが沢山出てきた。句集はそれらを推敲し選択した結果だったのだが、これら沢山の未完・未発表の句を見ていたら、作句当時の父の心情が想われて、思わず涙が出た。

自分のことを顧みれば、60代は、トレーニングすれば目に見えて体力・筋力がついたし、金銭的余裕もそれなりにあったので、白馬周辺、北海道、富士山などでの山スキー、ヒマラヤのトレッキング、カムチャツカ遠征、モンブラン登頂、などなど、ここぞとばかりに山へ行ったし、それができた。しかし、今やフィジカルな能力は急坂を転げるように落ちる一方である。

70代はフクシマから始まった。原発事故関連について懸命に調べて「原発の苛《いら》つく日々」という文章にまとめた。また、チェルノブイリ被害者の地位と保護についての所謂《いわゆる》ウクライナ法や汚染地域の機械的除染に関する研究報告書などを翻訳して、「双葉町主婦の会」に提供した。それに意味があったかどうかは別として、化学物質のリスクアセスメントに関わってきた元・技術屋としての自己満足はある。しかし、原発は再稼働され、世の中も周囲も何も変わらない。それで、憂さ晴らしやボヤキをＰＣに書き綴ったりしてきた。でも、いつまでこんなことをしていても何にもならない。傘寿を機に区切りをつけて、父を見習って、自分の晩年のルーチンを見つけようと思うようになった。

この本はその区切りのためのものである。あちこちに書いたものを並べただけ、脈略も一貫性もないし、なんというゴチャマゼ支離滅裂であることか。でも、あらためて原稿を通覧して気づいた。僕が何とかこれまで持ちこたえてこられたのは、カミさんと「山」のおかげだったのだ、と。感謝して一冊とする。

目次

目　次

「山」

終戦直後の小学校低学年男子の遊びは、軍艦ごっこ(水雷・駆逐・艦長)、トンボ取りや蝉取り、喧嘩だった。高学年になって、「蝉取り」から「昆虫採集」へと進んだ僕は、三浦半島の低山を歩きまわった。衣笠山から大楠山へかけての道はよく歩いたものだ。赤土の道ではハンミョウが飛んだし、傍らの木にはハムシ、タマムシ、オトシブミ、カミキリムシがいて、その美しさに見とれた。ハコネウツギの筒状の花の中にはハナムグリがもぐっていた。

早春のある朝、いつものように衣笠公園の丘の上に着いて顔を上げたら、雪の連山が目に飛び込んできた。子供心にそれは、険しく厳しく近寄り難いものに見えて、僕は立ち尽くしてしまった。今では見慣れた春の丹沢だったのだが、思えば、「山」を初めて意識した瞬間だった。

高校の3年間、夏のキャンプは丹沢の札掛だった。焚火で飯盒炊さん、タライコヤ沢の簡単な沢登り、長尾尾根から塔の岳、ヤビツ峠から大山を登った。夜はファイアーを囲んで、天狗さんことドイツ人神父ハンス・シュトルテと陽気なイタリア人神父ジョゼフ・ピッタウから山の歌を教わった。

高校三年の夏休み、叔父が勤務していた公立中学の同僚の先生で、横須賀山岳会の精鋭だったハッさんが本格的な沢登りに連れて行ってくれた。土曜日の夜に四十八瀬川奥の小屋まで行って仮眠し、早朝にそこを発って勘七沢を登り、水無川水系の源次郎沢を下った。熟練したクライマーにザイルで確保されて滝を登り下ることに興奮した。

受験したのは北大、富山大、岐阜薬大で、それは、家から出たいという思いと未知の土地や山への憧れからであった。首尾よく北大に合格して、青函連絡船で朝の函館に着き、雪が舞う中、蒸気機関車にひかれた列車がまだ黒々とした大地を大きく右へ左へと爆走するのを車窓から見て、「来たぞ、来たぞー」と一人興奮していたことを思い出す。札幌にはまだ馬橇が走っていた。

「北大に入ったら山とスキーだ」と思っていた僕は、スキー部山班に入って毎年100日以上を山で過ごした。

四年間にはいろいろなことがあった。二件の遭難で三人の仲間を失った。スキー部競技班との軋轢やシルバーロッジ建設のための有無をいわさぬ奉仕など、山とは関係なさそうなことでも皆で馬鹿みたいに一生懸命にやった。おかげで沢山の友人ができた。

だから、「俺は北大スキー部を卒業したのだ」といっている。そして、「山」は僕の人生の大切な一部になった。

新年おめでとうございます。雪国の正月から離れて永くなりました。
元気ですか。お互い、そろそろ中年、(花の…というべきでしょうか)
頑張りたいものです。今年がよい年でありますように。
1978. 1. 1.

1978 年年賀状

お気に入りのベンチ

近くの植物園にお気に入りの場所がある。道の脇にポツンと置かれたベンチなのだが、そこに座ると奥深い山の中にいるような気がするのだ。

冬、木々は葉を落として、高く青空へ伸ばした枝々は寒風に揺れているが、風はここまでは届かない。ベンチの前の茂みに散水栓があって、その周りにはいつも小さな水溜りができている。シジュウカラ、キジバト、メジロ、アオジなどがやって来ては水浴びをする。

2011年の3月だった。今から思えば原発はすでにメルトダウンしていたのだけれど、知らずに(＊)、

〝**熔融の恐怖をおいて梅見かな**〟

と詠んでいた。

その一週間後、二羽の山雀が水浴びに現れた。ここで山雀を見たのは初めてだった。家にもどって松の実を持ってきて撒いてやった。

〝**山雀にゼロベクレルの餌を置き**〟

でも、二度と現われてはくれなかった。
春、頭上から新緑を溶かした光とメジロの囀りが降ってくる。首が痛くなるのも構わず見上げていると、日頃から頭の中に巣食っている愚にもつかない想念がいつの間にか消えているのに気がつく。この時間が永遠に続いてくれないものかと思う。

〝束の間の嗚呼新緑や木鼠は跳び〟

この時期、高原への旅の途中に立ち寄るキビタキやオオルリの声を聞くこともある。

〝キビタキは高らかに歌う美しき五月〟

「美しき五月」といえば、教養2年のドイツ語の授業で聞いたエリザベート・シュワルツコップの歌のＬＰを思い出す。

授業はひたすら何かの物語を訳させるもので、試験にはその一部が出題された。僕はその冒頭だけを見て、丸暗記していたものを適当に答案に書いた。物語には同じ文章で始まる場所が二ヵ所あって、僕が書いたのは出題とは別の個所だったのだが合格した。

良い時代だった。

夏、楠の木の樹冠にはいつもアオスジアゲハが舞っているし、ベンチ前の小道はモンキアゲハの通り道になっている。時々、前の藪からアオオサムシが出てきて、道を横切って反対側の藪へと消える。

〝治虫が藪へと急ぐ夏日かな〟

うるさいくらいの蝉の声も、いつの間にか気にならなくなって、けだるい夏の午後にドップリと浸かっている自分に気がつく。しかし、ヤブ蚊が多くてそう長くは座っていられない。そこで水生植物の池の近くにある白いテーブルへと移動したら、足下にムツボシタマムシをみつけた。洒落た椅子に座って、木原邸の入り口にある楠の銘木を見上げるのもまた良い。家へ帰れば、逗留中の孫娘が宣わった。

〝**午後四時半蝉がウルサイすることない**〟

そうこうしているうちに立秋である。

〝**夕暮れがツクヅク惜しい候となり**〟

雪国生まれの母は「また冬がくる」とこの季節を嫌ったものだ。その母も父も今はない。

〝**本年の蝉尽きたれどこの暑さ**〟

秋、九月も下旬ともなれば、蝉時雨は嘘のように消えて林はしんとしている。でも思いがけず蚊に刺されると痒いったらない。

数年前のこの時期に、群馬に住む先輩を誘いだして谷川岳の西黒尾根を登った。

〝**「ラクダの背」の冷たい岩に手をかける**〟

天神尾根を下っている頃から右目に半円形の光るものが見え始めた。帰って眼科へ行ったら網膜剥離とのことで、すぐ入院、手術、三ヵ月は安静となり、必然的にベンチで座っていることが多くなった。

〝**病み上がり瞼に温き夕日かな**〟
〝**コスモスから躍り出でたる群雀**〟
〝**ドングリをぶち撒けて去ぬ野分かな**〟
秋は深まり、紅葉したメタセコイアの並木でカラスが群れて騒いでいる。
十一月末、大切な山仲間が吹雪の立山で死んだ。僕はすっかりしょげてしまった。
〝**冬近しひと群れの鷺西方へ**〟
浄土はあるのだろうか。

（＊）原発についての私の考えは、拙文「原発の苛つく日々」に記しました。
インターネットで、「原発の苛つく日々／中村晃忠」で検索すれば見ることができます。

ヒマラヤ

檜枝岐

冷え込んだ気持ちの良い朝であった。サミットへ買物に行った帰り、木原邸の入り口の楠の大木の傍で僕は立ち止まった。透き通った日の光が高い樹冠からふり注ぎ、青空は底が抜けたようで、赤く燃えるメタセコイアの並木ではヒヨドリが群れて騒いでいた。まもなく、ここにもツグミが到着するだろう。

ツグミは今どの辺りにいるのだろう。昔、11月初めに尾瀬沼から奥鬼怒へ抜けたことがあった。紅葉は終わり尾根道には初雪が残っていた。大江湿原から尾根の頭へ上る林でツグミの大群に出合った、壮観だった。次の雪が来れば関東平野へと散って行くのだろう。その晩は、ランプが灯る八丁湯に泊った。

その八丁湯だが、今では車で行けるようになった。勿論、電気も通じて、秘湯ブームとやらで繁盛している。道の脇にズラリと並んだ猿達に睨まれながら歩いた昔がウソのようだ。秘湯といえば檜枝岐《ひのえまた》も有名だ。初めて檜枝岐へ行ったのは冬だった。豪雪で室内は暗く、大広間の欄間には檜枝岐歌舞伎の額が並んでいた。

会津鉄道が通って檜枝岐は随分近くなったが、当時は延々と只見駅へ出るしかなかった。スキーツアーを主宰した長蔵小屋の平野紀子さんが車で送ってくれたが、その朝は地吹雪ぎみで、その中を小学生の列が、最上級生が先頭に立って、フードを被って俯いて登校していた。時々、ホワイトアウトになった。

吹雪と地吹雪の違い、それは、雪が狂乱渦巻く所に立って頭上を見上げた時、青い空が垣間見えるのが地吹雪、ただ鉛色の空と横なぐりの雪しか見えないのが吹雪なのだ。強い冬型の時、札幌は吹雪で斜里は地吹雪になる。車は方向を見失って吹き溜りに突っ込んで動けなくなり、そのまま凍死することもある。

その朝はそれほどひどくなかったから、まあ車で動けたのである。幾つ目かの登校の列を慎重に追い越そうとした時、除雪でできた雪の壁の上で渦状の雪煙が上がったと思った瞬間、地吹雪が襲いかかってきた。車は停止し、小学生の列も止まり、吹きつける雪から顔をそむけた。僕は、その時に、見た。

確かに見たと思う。雪煙にかすむ子供達の列の中にくっきりと、一人の男の子が風から顔を背けるでもなく平然として、じっと僕の方をみつめていたのだ。目が合ったらニヤッと笑った。それは一瞬のことで、気が付いたら地吹雪は通り過ぎ、僕らの車は動き始め、子供達はみるみる遠ざかり、見えなくなった。

オバケ沢

ある夏の土曜日であった。半ドンの仕事が終わって下宿に帰ってから、さて、これからどうしたものかと考えたとき、そうだ、丹沢へ行って夜通し歩こう、と思いたった。その日は満月で、天気は良さそうだし、単独行も楽しそうだ。適当にザックを詰めて、山靴を履いて、経堂から小田急に乗って秦野に着いた。

バスで蓑毛に着いた時にはとうに日は暮れていて、沢沿いの杉林の中の道を峠へと歩き始めた。林は暗いけれど、もう月が昇ったのだろう、対岸の山の端はぼんやりと白く光っており、おかげで、目を凝らせばこちらの道もなんとか見えた。ヘッドランプは点けずに歩いた。こうした方が森と親しくなれる。

ヤビツ峠には午後十時ころに着いた。眼下には秦野の町の灯り、その先に相模湾が月光に輝いていた。近道を下って青山荘に出れば、札掛までの長い林道歩きである。白々と光る林道を黙々と歩いていると不思議な感覚にとらわれる。後ろからヒタヒタと足音が聞え、振り返ると止まる、歩きだせばまた聞こえる。

追い立てられるように道を曲がったら、真っ暗な森へ入った。目が慣れないので何も見えない。仕方なくヘッドランプをつけるが、かえって、一本一本の杉の木が黒々と立ちあがって恐ろしい。はるか下を流れる藤熊川の瀬音がゴーゴーと轟く。僕は、足もとの光輪だけをみつめて歩いた。遠くに灯りが見えた。

深夜に札掛に着いた。夜通し歩く気は失せて、長尾尾根への登山口にある石段に寄りかかって寝た。朝、パンをかじって歩きだす。手入れの行き届いた杉林を登る。明るいことがこれほどに安心なことか。樅の原生林を過ぎたら道標があった。オバケ沢への分岐である。当然のように、僕はオバケ沢へと下った。

この道は山腹をまいて大日沢へ下るのだが、今では廃道になっていて使えないようだ。当時は広葉樹林の中の気持ちのよい道だった。大日沢の河原へでた。夏の日が河原の石に反射してまぶしい。適当にルートをみつけながら河原を歩く。この解放感が好きだ。しばらく行くと二股になる。右がオバケ沢である。

「丹沢夜話」(ハンス・シュトルテ著)から：戦前に、山仕事で数人がこの沢に入った時、ぼろぼろの着物を着て長い髪を垂らした女に会ったそうだ。人を怖がり、簾のようなものを垂らした穴に入ってしまう。いったん帰宅し、後日大勢で捜索に行くと沢で死んでいた。後に、行方不明になった寺の娘と分かった。オバケ沢の由来である。

オバケ沢は依然として明るい河原が続いている。太陽が高くなって暑いし、寝不足で眠いし、うんざりしてきた頃、川巾が狭まって滑(ナメ)になった。一枚岩の上をきらきらと水が流れる。急な沢の多い丹沢では滑は珍しい。次いで、古い堰堤を乗り越えると、この沢の唯一の滝、オバケ滝(10m)が現れた。

滝は垂直ではないが、岩樋《いわとい》をまっすぐに大きな釜へと落ちていて美しい。左側はハングした岩で登れそうもない。岩樋の右脇には傾斜の緩い草付きの岩棚がのびていて易しそうだ。ここを登った。難なく落口の上に達した。沢へ戻るには、2mほどの逆層を下りなければならない。後ろ向きになって下り始めた。

両手でしっかりした手懸りを掴んで両足をソロソロと下ろす。傾いた足場に靴底を密着させて安定させ、左手を手懸りから離し、手のひらを屋根のような段に圧しつける。右手で下を探るとガッチリとしたホールドがあった。下方から掴む。体を沈めて左足を下し、次に右足の足場を探した時、滝壺が目に入った。

青い、暗くて青い、滝壺が見える。左斜め下に小さな足場をみつけたが、躊躇してしまった。沢水が落口で帯のようにふくれ上って落ちてゆく。滝音がだんだん高くなる。不安定な姿勢なので体が硬くなる。汗がふきだす。膝が震えだす。まずい。滝の音がますます高まる。気を落ちつけようと目をつぶった。

気がついたら、乾いた平らな岩の上に立っていた。滝の落口は背後にあった。エゾゼミの声がしきりに聞こえる。変哲のない夏の森林の景色が目の前に広がっていた。地図を広げる。沢はまだまだ続いている。でも、もう面倒になった。適当に長尾尾根へ出て帰ろうと、僕はまた歩き始めた。

中央線で

晴れた日に中央線に乗って信州へ向かうのは考えただけでもワクワクする。相模湖を過ぎると列車は狭い谷あいをどんどん進み、山脈に阻まれて進退窮まったかと思えば笹子トンネルへ突入し、一旦はトンネルを出るがすぐ入り、スピードが上がり、そして、トンネルを出ると、南アルプスの峰々が広がるのだ。

巨大な横浜スタジアムの内野席上部入口からスタンドへ入ったと思いたまえ。フィールドが甲府盆地、スコアボードには真っ白な白峰三山、レフト側外野席の上に富士山頂が顔を出してます。春の内野席スタンドは桃の花でいっぱいです。そこを列車はフィールドへ下ってゆきます。〝まもなく甲府に到着します〟

12月12日、強い冬型の吹き出しで白峰三山も八ヶ岳も渦巻く雪雲に隠れている。稜線はきっとの凄い寒さと猛吹雪、たちまち凍傷だろう。韮崎を過ぎると列車は傾いて蛇行しながら枯れ野を走る。鳳凰三山と甲斐駒ヶ岳が、時には見上げる高さに、時には列車の後や先に、姿を変えては現れ、また林に隠れる。

編笠山の　裾の林を行けば　空は何だか冷たく光って　風もふき出し　線路脇の小さな田んぼや農道には　残り雪（タタン）　あれ、にわか雪　と思えば、本降りの雪　入笠山も霞んで　また止んだ（タタン）　〝まもなく茅野に到着します、茅野の次は松本です、途中駅にお降りの方はお乗り換え下さい〟

なぜ茅野で降りたかって？　話は長くなるけれど、まあ、聞いてくれよ。この10月14～15日、二人で八ヶ岳の東山麓の稲子湯へ紅葉狩りに行って、ついでに小海駅から無料バスで白駒池へ行ったんだけど、秋枝さんがさ、「昔ね、茅野から一人で歩いて白駒池へ行ったことがあって」と云うんだ。3時間だったたって。

「えー、そりゃ無理だろ」と僕はいった。地図をながめてみたら、茅野から渋の湯行きのバスがあって、そこからなら3時間くらいで白駒池へ行けることが分かったんだ。じゃあ、行って確かめてみようじゃないか、となった。で、12月12日の一泊を予約して、茅野往復の切符と片道の特急券を買ったってわけさ。

発つ2日前になってやおら確認してみたら、この季節、平日にバスは動いていないんだ。考えてみれば（考えなくても）当たり前だが、12月中旬の八ヶ岳西側の標高１８５０ｍは冬山で、俺も焼きが回ったもんだ、と思ったね。そこで渋の湯をキャンセル、上諏訪のＫＫＲ諏訪湖荘を予約、諏訪大社めぐりに変えたんだ。

諏訪大社は、今は神社本庁に属しているが、もともとは非常に古い原始的な神社のようだ。古代には社殿はなかったそうだ(＊)。今も本殿はない。上社のご神体は守屋山で、上社の前宮のある地が諏訪信仰発祥の地だそうだ。下社の秋宮は櫟《いちい》の木を、春宮は杉の木をご神木としている。

そんな予備知識はなしで、12日の午後にタクシーで上社の前宮ついで本宮を、13日の午前に徒歩で下社秋宮と春宮を回ったが、運転手から聞いたこの地域の御柱祭への入れ込みようには驚くばかりだったし、山から切り出した樅の巨木を人力だけで下ろし、川を渡し、神社の四隅に立てるのはアニミズムだと思った。

アニミズムは僕の好みだ。宮沢賢治の「土神ときつね」の土神や、「春と修羅」第二集の「産業組合青年会」に登場する〝祀られざるも神には神の身土があると　あざけるやうなうつろな声で　さう云った〟そんな神も僕の好みだ。権威主義的な神様を僕は好きになれない。

上社の前宮は鎮守の杜といった趣きで、周囲は畠、奥の低い山に弱い冬の日があたっていた。手前の道にはうっすらと雪が積もっていて、そこから眺めると前面の御柱2体が目に入る。社務所もないし、巫女もいない、大げさなしめ縄もない。数分で社殿を一周りできた。欅の巨木があった。小川が流れていた。

上社の本宮には社務所があり巫女が居た。社殿は威厳があるが豪壮ではない。太いしめ縄はなかった。下社には、太いしめ縄が掲げられており、広い境内に舞殿やら多くの建物があって、巫女のいる社務所も大きく、両翼に回廊を従えた社殿は壮麗で、巻き上げられた御簾の下にピカピカ光る鏡が鎮座していた。

諏訪湖には凍るような風が吹いて、バチャン、バチャンと波立っていた。50羽ほどのヒドリガモの群が岸の方へと泳いで、一列になって芝生へ上がって、少し残っている青い芝をついばみながら、休まずヨチヨチ、せっせと歩いて土手を越えてどこかへ行ってしまった。そろそろ日が暮れる。僕らも宿へ帰ろう。

(＊) http://www.onbashira.jp/about/taisha/

日高

昭和34年の夏、僕らは下級生だけで日高山脈へでかけました。日高山脈は狩勝峠から襟裳岬まで140キロにも連なる大山脈、道も山小屋もありませんでした。バスの終点から林道を延々と歩き、その終点から沢に入って遡行し、稜線に出れば藪をこいでピークに立ち、また沢を下って長い林道を里へと歩くのです。

この時は、トッタベツ川から日高の最高峰・幌尻岳(2052m)へ登り、いったん新冠川《にいかっぷがわ》へ下り、エサオマントッタベツ岳(1902m)に登りかえし、そこから背稜を歩いて第二の高峰・カムイエクウチカウシ山(1979m)に至り、札内川へ下って林道を歩く10日間の山旅でした。一人の登山者にも会いませんでした。

沢山ミスをしました。カールへ上がる沢を見落としてひどい藪漕ぎを強いられたのはまあ良いとして、沢歩き中に転倒して脳震盪を起こしたのは冷汗ものでした。でも、見渡す限り山また山、道路も町の灯も見えないところを、いい加減な地図と磁石だけを頼りに自力で踏破したことは大きな自信になりました。

カールは氷河の痕跡地形で、アイスクリームをスプーンですくった時にできるような形をしています。上部は急な壁で囲まれていて、これをカールバントと呼びます。下部は広々とした所で、これをカールボーデンと呼びます。夏のカールボーデンはお花畑、快適なテント場ですが、羆の生活圏でもあります。

幌尻岳はいくつものカールに囲まれています。最大の七つ沼カールは日高で最も美しいカールです。青空と雲を映している沼の畔にテントを張ると、傍のモレーンの石のすき間をナキウサギが出入りして、石の上でピチー、ピチーと鳴いていました。それを横目に見ながら昼寝をする、なんという贅沢でしょう。

エサオマントッタベツ岳には二つのカールがあります。新冠川から北面カールへ上るつもりでしたが、神威岳との鞍部に出てしまって、木登りのような藪漕ぎでヘロヘロになりました。その間、カールバントの雪渓を横切っている羆の親子を見つけました。子熊が滑り落ちると母熊は上でじっと待っていました。

カールでのテント生活は楽しいのですが、刺す虫が多いことが難点です。特に夕暮れ時は気が狂いそうです。蚊、ブユは長袖、手袋、ほっかむりでなんとかなりますが、ごく小さなヌカ蚊はどこへでももぐりこんできます。ごはんに落ちればゴマ塩のようです。さっさと食べて、寝袋へもぐりこむ他ありません。

エサオマントッタベツ岳の頂に立って南を望むと、日高山脈は手前から、春別岳、カムイエクウチカウシ山、１８２３ｍ峰、コイカクシュサツナイ岳、ヤオロマップ岳、ルベツネ山、ペテガリ岳、と延々と連なっています。夫々のピークから東西へ延びる長い支尾根には、札内岳、イドンナップ岳、１８３９ｍ峰などの名峰が見えます。

そんな景色を見ながら、岩とハイ松の痩せた稜線を登り下りして行くとカムイエクウチカウシ山が近づきます。堂々とした三角錐です。正面の急な岩壁が春別川へと落ち込んで、その右に恐竜の背のような南西稜が連なっています。左側は、９の沢カール、８の沢カール、ピラミッドのカールでえぐられています。

頂上に立って周囲をみわたしていると、もう、来年の夏はどこへ行こうかと考えるのでした。南西側にきれいなカールがありました。日高側から長くて剣呑なコイボクシュシビチャリ川を遡るのはどうだろうか、イドンナップ岳に登ってから春別川へ下りて、ルシャ乗越を越えるのもいいな、と考えていました。

他のメンバーも同じ思いだったでしょう。ペテガリ岳に登って中の川を下ろうか、札内岳からエサオマントッタベツ岳への稜線はまだ記録がないのではないか、サッシビチャリ川から１８３９ｍ峰はどうだろう、思いはきりがありません。その日は8の沢のカールにテントを張って、満足感に浸って深い眠りについたのでした。

いよいよ下山です。カールボーデンから流れ出る小川に沿って行くと、沢はすぐに急になって滝の連続になります。滝の横の草付きや藪を必死に下ると傾斜はゆるくなり水量も増してきて、淵も現れてきました。覗いたら、オショロコマ(北海道の岩魚)がウヨウヨ泳いでいました。早速、そこいらの木の枝を竿にして釣り始めました。

釣れること釣れること、たちまち飯盒二つが一杯になって止めました。さらに下ると札内川の本流にでます。これを下るのですが、まあ長い。七の沢、キネンベツ沢、コイカクシュサツナイ川が左右から合流するごとに、川幅はひろがり水量が増します。渡渉するのに臍まで水に浸かることも稀ではありません。

右岸に林道を見つけて上り、やっと緊張から解放されましたが、里まではまだまだ遠く、かえって憂鬱になりました。歩いても歩いても道端は背丈ほどのフキやイタドリばかりです。道の上でまたテントを張るのかと考えながら行くと、貧弱な畠があり、その先に一軒の粗末な家があって男が立っていました。

「すみません、今晩泊めてもらえませんか」と僕らは云った。「ああ、いいとも、もてなしはできないけどね、まあ、入りたまえ。」と男は云った。中には誰もいなかったが、綺麗に整っていた。「本当にすみません。米も味噌も少しありますし、岩魚を釣ってきました」。「これはすまないね。」と男は云った。

身なりは貧しいけれど、整った容貌をしており、話し方も知的であった。「風呂を沸かそう」という。僕らは米を炊き味噌汁をつくり、人数分の岩魚を焼いた。残りは燻製にしようと炉の上に吊るしておいた。大したことを話した記憶はないが、男は嬉しそうに話した。ありがたく、敷いてくれた布団の上で寝た。

翌朝、目を覚ましたら男はいませんでした。おそらく畠へ出たのでしょう。僕らは布団をたたみ、用意してあった朝食をいただき、食器を洗って、外で上流へ向かってお辞儀をして出発しました。だんだんと空が広くなり、ついに、朝日の中に十勝の平野が見えてきました。少し大人になった気がしたのでした。

峠

蓋し「峠」と地名にあるは人の往来の証しなり、と誰が云ったか、云わなかったか、どうでもいいけど、寄（ヤドロギ）は、昔は峡谷の奥に忽然と現れた落人村といった趣きの所だった。村外れから川上へ、鍋割山から下ってくる尾根の方へと向い、小尾根を二つ越して山腹をからんで行くと「雨山峠」である。

「雨山峠」は、そこに立って両腕を広げれば、鍋割山と雨山へと上がる急な山道の両方に同時に手が届くほどに狭い。峠を越えると、道は小沢の縁にかけられた桟道を下る。この峠越えは、かつては沢屋さん達が西丹沢のユーシンへ入るのに使った径で、紅葉の頃に鹿の声が聞えれば、まっこと秋の奥山である。

「大石峠」は河口湖の北、御坂山塊の中ほどにある。就職してすぐの頃に、職場の先輩二人と行ったことがある。前日に富士吉田駅前の宿（当時は登山者向けの宿があった）に仮泊して、翌朝、黒岳→破風山→新道峠→大石峠→節刀ケ岳→金山→十二ケ岳→毛無山→鴻坂峠→天神峠→河口湖と歩いた。

破風山（１６７４ｍ）から節刀ケ岳（１７３６ｍ）の間は緩やかな見晴らしのよい尾根で、まぢかに富士山を眺めることができる。大石峠（1500m）はその間の最低鞍部である。武田信玄の軍勢が相模や駿河を攻めるときに通った道だそうで、惹かれる。〝甲斐へ〟越えてみたいと思っているが、まだ果たせていない。

ヒマラヤのエベレスト街道の途中にモン・ラという峠がある。標高は4000m、茶店が一軒あるきりで、草も木もなく、ただ乾燥した茶色の急斜面の狭い一角が谷へとせり出した場所である。1000m下にはドード・コシ川の谷底が見える。対岸3000m上空には名峰タムセルク、カンテガ、アマダブラムが聳えている。

冷たい風が息もせずに吹きわたり、色とりどりのタルチョがはためく。ヒマラヤ襞をまとったタムセルク（6618m）の尖った頂きに、蜘蛛の糸のような絹雲がまとわりついて離れない。赤ん坊の泣き声がした。若いネパール女がいて、額に回した幅広のひもで支えた背中の籠の中に赤ん坊がいた。当り前のように。

その峠は、日高山脈の奥深く、カムイエクウチカウシ山の南西稜の末端、シカシナイ山（1628m）と1417m峰の間にあって、「ルシャ（アイヌ語で峠の意）」と呼ばれていた。カムイエクウチカウシ山へ西側（日高側）から登るにはシュンベツ川かコイボクシュシビチャリ川を遡行することになるが、どちらの沢も下流域は険悪な函が続くために、夏の日高の登山史において最後まで残った程の困難なルートであった。この二つの川は険しい南西稜で隔てられており、「ルシャ

（峠、乗越）」は二つの川の流域を比較的容易に往来できる唯一の場所なのである。北大山岳部の古い部報をひも解くと、この峠辺りで複数のアイヌの仮小屋を見つけたとの記述がある。そうなのだ。ここはアイヌの生活圏だったのだ。

僕はそれに強く惹かれて、大学3年の夏に、「ルシャ乗越」を越える意欲的な山行を計画してリーダー会に提出したが一蹴され、実現することは叶わなかった。今もそれを根に持っている程に憧れていたのだった。ところが、その場所は「日高横断道路」という愚劣な開発計画のルートに組み込まれたあげくに計画が破綻したため、今はただの廃林道となりはてた。無念だ。

越中から信濃へ、立山の松尾峠を越え、ザラ峠を経て、黒部川を平ノ小屋あたりで渡り、後立山《うしろたてやま》の針の木峠を越えて大町に至る長大な古道がある。また、越後の清水村から清水峠をこえて谷川岳の幽の沢、一ノ倉沢、マチガ沢の裾を絡んで土合《どあい》を経て上州へ通じる古くからの道がある。本当に昔の人は凄かった。

チロルの峠の氷河で「5000年前の男」が見つかった。太古から、人は峠を越えて交流し生活し闘ってきた。カール・ブッセ（上田敏訳）〝山のあなたの空遠く、「幸」住むと人のいふ、嗚呼われひとと尋めゆきて、涙さしぐみかへりきぬ、山のあなたのなほ遠く、「幸」すむと人のいふ〟。蓋し、峠は浪漫である。

日高

五月十七日と芝倉沢

五月十七日がくるたびに高倉君のことを思い出す。そして、この日に最も近い日曜日に、僕等は残雪の谷川岳芝倉沢にでかけるのが常となった。北海道からは遠い関東でも、毎年、多くの仲間が集って高倉君を、無意根山をしのび、残雪の沢にシュプールをしるしている。

高倉君は、1958年4月に私と同期で北大スキー部山班（現在の北大山スキー部）に入部し、ゴールデンウイークの新人合宿の2週後の週末に独りで無意根小屋の小屋番のために登り、雪解けの沢に落ちて不慮の死をとげたのだった。

一ノ倉岳の濃い霧の稜線に立って遙か北をのぞみ黙悼をささげる時、ぼくらの胸には、這松の中に立つ無意根山頂のケルンが浮かび、なつかしい頂上稜線の匂いと共に高倉君の姿を思い浮べることができる。そして、歌をうたう。「ぼくらのふるさと」「大尉の遺言」……を。冷たい霧の去来する稜線、這松の中のヤッケ姿の仲間達、投げ出されたスキー。新人合宿で私達が無意根の山頂から中岳へむかった時を思い出す。

数米先しか見えぬ濃い霧の中をヨチヨチと新兵達が滑って、時々、急な斜面をころがりおちた。私も、そして高倉君もその仲間だった。リーダーの小松さんのガニマタスキー術さえも、ため息と共にながめた初めてのゴールデンウィークの合宿、そのクライマックスともいうべき縦走の日だった。

今日、ぼくらがトレーニング不足の足を引き上げ引き上げ急な芝倉沢の詰めをたどったように、額から目に入る汗をぬぐうのも忘れ、ただ前の仲間の足をみつめて頂上に登った。そして滑降とは名ばかりの転落を敢行。ガスの中から彼の姿が現われる。スキーは平行にただ最大傾斜に向って滑ってくる。みごとなしりもち。さて、それなら、習い覚えたボーゲンといくか。まずは斜滑降。よしよし。そしてV字形にスキーを開いてっと。あっあっあっ。スキーがいうことをきかぬ。顔面制動。滑落……。やっと止るともう全身びしょびしょ。なんとまあ、へぼだったのだろう。でも、「なにくそ!」と思う。自分より少しうまい奴を目標にみな一生懸命にがんばった。ついにガスの下に出る。「おい、見ろよ。あとはチョッカリだ。」がむしゃらに中岳の鞍部めがけて直滑降。一仕事やりとげたような気持で顔をみあわせ、無意根山をふりかえる。ガスの上に山頂が見える。雪庇が崩れたブロックが右側の斜面にころがっている。少し誇らしい気持でそれらをながめた。そして中岳の小さな岩を登って頂上での食事、歌。汗と雪とガスの湿りでびしょびしょの私達だったけれど、はじめての大きな斜面、はじめての残雪の山の縦走への期待で、全く気にならなかった。ふたたび直滑降、喜茂別岳への登り。こんな一日の思い出の中にくっきりと、彼、高倉君の姿をみとめることができる。ひかえめな笑顔、でも、タフな歩きっぷり、がむしゃらな直滑降。そんな彼が今のぼくらのそばにいる。一ノ倉岳の頂上で歌うぼくらのそばに彼が立っているような気がする。

スキーをつけて、強風と霧の中へ、そして、なにも見えぬ谷底へと次々に姿を消してゆく仲間達。暗いガスの中から、ザーッ、ザーッとザラメ雪を切って勇敢に急斜面を滑降してゆく音がきこえる。ぼくも意を決して雪庇の切れ目から奈落へと身をおどらせた。右に左に、慎重に、そして果敢にスキーを操作するこの楽しさ。眼をこらしてガスの中から現われるものを見つめながらすべるこの緊迫感。これが山スキーなのだ。

谷がせばまって急に右に曲っている。大きなデブリが行く手をふさいでいる。その中をなおも滑るとさらに両側の岩はせばまり、急に左へ曲っている。斜面にのり上げるようにしてクレバスを避け、谷へと向う。デブリの脇を回転しながら滑るとガスの下に出た。とたんに斜面も岩もデブリもおだやかな様子に見えてきた。みなが集まると、はるか上のガスの中になった頂上をみやって思い思い満足げにしゃべり出す。

「俺、モデルチェンジしてからぐんと腕をあげたろう。」

「どうかね。ボデーばかり重くなってエンジンは摩滅したのとちゃうか?」

「あいかわらずかと思ったら、お前、ちょっと見なかったうちに上手くなったじゃねーか? やっぱりヘッドのスキーはいいな。」

「ばかいうな。スキーのせいじゃないよ。腕さ。」

そして、沈黙……。

ほら！ 雪どけ水の音がきこえる。笹の立つ音がきこえる。蝿の羽音がきこえる。

君がいなくなってから、何度めの春だろう。新緑の沢に君は逝ってしまった。でも、ぼくらには
きこえる。沢の音が、笹の音が、蝿の羽音が。そして君の笑い声が。

来年もまた来よう。そして歌おう。「僕らのふるさと」を。

無意根

カムチャツカ

ソ連崩壊から僅か2年半後の1994年6月、僕らはカムチャツカへ遠征した。目標はジミナ山(3080m)の世界初スキー滑降であった。最年長62才、50代三人、40代一人、20代一人、いずれも北大山スキー部OBである。北大に憧れ、北海道で山登りと山スキーに明け暮れた僕らにとって、それは当然の帰結だった。

これは僕の偏見だが、人は北志向と南志向に明確に分かれる。勿論、僕は北志向だ。北志向の人間が好む言葉は逃避、放浪、風、最果て、神話である。ツンドラやタイガという言葉を聞くと訳もなく興奮するのである。北海道の最果て、知床の先には千島列島が連なり、その先にカムチャツカ半島があるのだ。

冬、日本海で発生した低気圧がオホーツク海で台風なみに発達して居座ると、北海道は猛吹雪がつづく。天気図でハバロフスクは地吹雪マークである。冬のオホーツク海やベーリング海は低気圧の墓場といわれるが、カムチャツカはいったいどんな天気なのだろう。どんな所で、どんな人が住んでいるのだろう。

6月4日、ハバロフスク着「秋枝さま、ハバロフスクは30年前の札幌をひろくして、もっと緑豊かにしたような町です。ポプラの綿毛が飛んでいます。インツーリスト・ホテルはやたら広いアムール河のそばにあって、今、やっと暗くなったところです。河に沿った公園でロックシンガーが空しく叫んでいます。」

6月5日、原潜の並ぶ湾を横切って、カムチャツカ空港に着いた。コリャークスキー（3456m）とアヴァチンスキー（2751m）が淡い青空をバックに聳えていた。風はさすがに冷たくて、周囲の木もやっと芽をふきだしたばかり、泥水があちこちに溜まっている。今年は雪嵐が続いて、久しぶりの晴天とのことだ。

ホテル・ゲーゼルは丘の上にある。客は僕らだけで、陽気なグラマーおばさんが通いで食事などの世話に来た。湯は出ず、トイレットペーパーはがさがさだったが、食事は美味かった。ビールはまずくて高いが、ウォッカはうまくて安かった。市場は賑わっていたが、インフレでルーブルの札束の勘定に時間がかかった。

ペトロパブロフスクはカムチャツカの首都、人口20万弱、アバチャ湾の奥にある港湾都市（軍港、水産業）である。港から丘陵への通りがメインストリートで、函館に似ている。1782年にアムチトカ島で遭難した漁船の大黒屋光太夫らは、1787年から2年間ペトロパブロフスクにいて、その後シベリアへと渡った。

半島の真中には南北に中央山脈が走っている。また、中央山脈の南端から東北へ向かって東部山脈が走る。二つの山脈に挟まれた部分はタイガで、その中をカムチャツカ河が北へ流れて半島の付け根で東へ曲ってベーリング海へ注いでいる。タイガの東にクリュチェフスカヤ火山群（ジミナはその一つ）がある。

6月6日、ホテルの傍からヘリコプターでジミナへむけて出発した。機は東部山脈を左に見て山脈に沿って飛ぶ。右側には富士山型の火山が次々に現れる。はるかにクロノツカヤ火山（3850m）が見えるころ、ヘリは目の前の東部山脈の最低鞍部をすれすれに越えて、カムチャツカ河の支流沿いに降下していった。

ヘリは変哲のない緑の谷あいの小さな平原に着陸した。そこはトゥムラキ・キャンプという無人の温泉地であった。質素な山荘風の小屋が数戸建っている。柳の緑はここではかなり濃くなっており、鳥の囀りでいっぱいである。ツツドリの間延びした声もなつかしく、すっかり春であった。

「熊がいます。一人だけで離れないように」とユーリがいう。温泉が涌いていた。透き通った湯が四角く囲っただけの浴槽にあふれている。そばの小川も温泉である。キンポウゲのような黄色い花が咲いている。馬糞がころがっていた。カムチャツカ河畔の町マカルカから馬で来るのだと、ヴァレリーがいった。

僕らは今、クリュチェフスカヤ火山地帯の南端にいる。さらに北へ向かって離陸する。氷冠に覆われた火山プロスキー・トルバチク（3085m）が真っ先に目に入ってきた。その左には尖ったオストリー・トルバチク（3682m）がみえる。トルバチクがあれば、ジミナ（3081m）があるはずだ。まさしく右前方にジミナがあった。

ヘリは2000mほどの高度でジミナの西側斜面をかすめるように飛んでゆく。僕らは窓に釘づけになって首が痛くなるほど眺めた。頂上から北へのびる稜線は、見る限りでは難しいとは思わないが、西側の斜面はだんだんと急になって——、エッ、氷が光っている、クレバスが見える。氷河があるとは——。

ジミナの主峰から北へのびる稜線の裾、黒っぽい火山礫のちらばる幅広い尾根の上（標高約1750m）にベースキャンプを設営した。雪が融けたばかりで、整地すると水がしみ上ってくる。ベースキャンプの尾根の東側は傾斜の緩い雪渓で、その先に首を傾げたような特徴的な岩峰（サチコピークと命名）がみえる。

目を北に転ずると、キャンプ地のすぐ後ろに黄色っぽい色をした10mくらいの高さの溶岩ドームがある。この東斜面は西風が当たらないので暖かく、お花畑になっていた。みんなは、暇があるとドームにのぼって周囲をながめたり、お花畑にねころんだりした。この上に立つと、ジミナの頂上を見ることができる。

サチコピーク

このドームのはるか上空に、カーメン（４５７５ｍ）と最高峰クリュチェフスキー（４７５０ｍ）があるはずだが、雲で見えない。ときどき、雲の中からカーメンの頂上がぬっと現れる。急な岩壁と氷でできた、まるでヒマラヤのような風貌だ。クリュチェフスキーは馬鹿でかい富士山である。剣が峰も吉田大沢もある。

溶岩ドームの右に落ち込んでいくU字谷がひらけた先には灰色の火山灰の平原が広がっている。風の通り道らしく、いつも砂塵を巻き上げている。その先には灰色のベズイミャンニ火山（２９５０ｍ）の裾と、さらに遠くに青っぽい巨大なクリュチェフスキーの据野がつづいている。その遙か東にはベーリング海が光っている。

キャンプの西側、すなわち、溶岩ドームの方へ向かってみると左側は、ゆるく広い谷で火山礫のゴロゴロした斜面が北西へと落ちてゆき、ベズイミャンニから連なる低い寄生火山群の分水嶺に遮られて右にまがって消えている。分水嶺の真西には火山灰の平原が広がり、カムチャツカ河のタイガへと続いている。

この平原が北へ波うって隆起した先には、大きな白い皿を伏せたような形のウシュコフスキー（３９４３ｍ）とその右端に尖ったクレストフスキー（４０５７ｍ）の真っ白な姿がある。平原の南側には、寄生火山をいくつも従えて、氷河をまとったトルバチクがみえる。雲の切れ間からもれる陽光にクレバスが光っている。

黄色い溶岩ドームの西側の窪地をトイレットと決めたが、そこにしゃがんで、風に吹かれながらこの景色を眺めていると、ここまで持ち込んできたもろもろの雑念は消えてしまった。夕方、といっても午後11時すぎに、カムチャツカ河の流域遙かかなたの中央山脈に太陽がゆっくり沈むさまも素晴らしかった。

ベースキャンプには食堂テントがある。奥にゼーニャとサーシャが陣どって、深皿にスープを盛って出す。行き渡ると、〝いただきます〟となる。スープ皿が空になると、ロシア風ギョーザなどのメインディッシュを入れてくれる。最後はロシアン・ティーである。露↕英↕日のいんちき通訳付きで話がはずんだ。

さて、登頂とスキー滑降だが、ここでは簡単に経過だけを記しておく：6月7日、ルート偵察のためにサチコピークへ。6月8日、サチコピークの台地に前進キャンプ（C1）を設営。6月9日、荷上げして、C1泊。6月10日、登頂そしてスキー滑降、C1泊。6月11日、ベースへ帰還。

6月9日、「秋枝さま、午後にC1へ上がります。今はうららかな日ざしをあびて気ままに過ごしています。AM君はTシャツ姿で昼寝、IY君は共同装備の整理に余念がありません。FYは干したシュラーフの上で読書、WSさんは新しい花の発見に夢中、NMは腿にバンテリンを塗っています。TKさんはヒマそうです。」

6月10日、登頂と滑降に成功した。無事にC1に帰ったら、なんとシャンパンが出てきた。乾杯する。我が方の隊長が挨拶し、ロシア側のリーダーのユーリが、ついで、スキーガイドのヴァレリーが挨拶をする。イーリヤと私がいい加減に通訳する。でも、皆は微笑み、風が、雲が、ジミナが、山々が微笑む。そうか、言葉は発することに意味があるのか、と思った。

6月11日、ベースに帰還した。その日の夕食の献立は、ボルシチ（鶏肉入り）、ジャガイモとベーコンの煮込み、パン（半分はらい麦か）、チーズ、バター、銀鮭の薫製、イクラ、ピーマンとキュウリの酢漬け、シャンパン、ウォッカ、ロシアン・ティー、ジャム、カンポート（コケモモのジュース）、であった。

6月12日、休養日。溶岩ドームの東側は花盛りになった。雪は日に日に後退し、下の台地が黄色から緑になっていく。雪解け水の音がして、ノビタキか岩ヒバリかが鳴き交す声がする。雪渓の上には熊の足痕が、キャンプ地の西側にはアイベックスの足痕があった。蝿が飛んでいった。テントウ虫をみつけた。

「秋枝さま、緊張から解放されて、ゴロゴロと好きかってに過ごしています。雪渓が溶けて流れる音と鳥の鳴き声を聞きながら、少し冷たい風にふかれて、この大きな自然の中で、光と影が交錯するのを眺めている、なんともいえません。イーリヤと商談成立。僕のスイス・アーミーナイフと銀鮭の燻製一匹。」

6月13日、「秋枝さま、今、最も活動の活発な火山・ベズイミャンニの麓まで散歩に行きました。

U字谷を下って草原に出て、川を渡って火山灰の平原をさまよいました。熊の足跡やトナカイの毛をみつけました。草原はマーモットの巣穴だらけで、花が咲き乱れています。キツネがゆうゆうと通って行きました。」

6月14日、AM、IY両君と共に前進キャンプ地まで上って、最後のスキー滑降を楽しんだ。表面の雪が融けて氷が現われ割れ目が走っていた。頂上から滑降したクーロアールにも氷が光っていた。少し遅かったら頂上からの滑降は不可能だった。手ごろな山、好天、最適の季節のタイミング、本当についていた。

6月15日、ヘリが迎えにきた。10日間暮らしたところは、あっという間に後になった。途中、コズイレフスクで給油して、タイガとツンドラの中を流れるカムチャツカ河にそって飛び、雪深い温泉地・ラドニコバヤに着いた。そこで10日間の垢を落しヘリスキーを楽しみ、次の日にペトロパブロフスクに帰還した。

その日の夕食後にウォッカを飲んで歌をうたった。僕は不覚にも、おいおい泣いて、反吐をはいて、小便をたれながして、意識不明となった。何故だか分からない。もしかすると、憧れを一つ失ったからかもしれない。カムチャツカはいい所だった。感謝をこめて、以下に陽気なロシア・スタッフを紹介しよう。

（ユーリ）40才を少し過ぎた丸い赤ら顔のスポーツマスター。かつて、カフカスや天山山脈で6級の登山をこなしたアルピニスト。ロシア・スタッフのリーダー。忍耐強く口数は少ないが、にやっと笑って、やおらジョークをかませる。なんとなく涙もろい、古きよきロシア人という感じがする。

（ヴァレリー）35才くらいか。ハンサムなスキー・マスター。登頂、滑降に成功した後に、〝あなたなら頂上から1分くらいで滑り降りてこられるかな？〟と聞くと、けろっとして、〝3分くらいかかりますよ〟といった。手稲山あたりでインストラクターにしたら、女性にもてること請け合いだ。奥さんはドイツ人。

（サーシャ）30才そこそこか。いつもイエティーの頭皮のような形のニットの帽子をかぶっている。一昨年、マナスルへ遠征した。7000mのキャンプまで行ったが、第一次登頂隊が帰途に滑落し、そこで遠征はおじゃん。今年はアラスカのマッキンリーへ登ってスキーで降りる、来年はヒマラヤのチョー・オユーへ行くんだ、という。

（イーリヤ）18才の大学生。母親は建築家、父親はインテリア・デザイナー。本人は、教養課程を終えたらアメリカの大学へ入り、国際法を学びたい、という。きれいな英語を話し、美術や音楽、詩にも関心をもつ。すでに自立した堂々たる自信をみなぎらせているが、若干こすっからいところが気になる。

（ゼーニヤ）グラマーで可愛い19才の女性。コックとして参加。楽しそうに料理を作るさまは見ていると嬉しくなる。山の上で餃子の皮まで作ってしまう。食べ終わって、「オーチェン・フクーシュナ、スパシーボ（とてもおいしかった。ありがとう）」というと、「パジャールスタ（どういたしまして）」と答える笑顔がまた素晴らしい。

２００２年にカムチャツカを再訪してウシュコフスキーとスレドゥニー（２９９０ｍ）に登って滑った。僕とＴＫさんは二度目のカムチャツカ、他に5人のＯＢメンバーが加わった。全員60代だった。

２００７年、その時に一緒だった一人とモンブランへ登った。その1年後の11月末、彼は立山で吹雪のために遭難死してしまった。

（注：山名と標高は、カムチャッカ火山研究所編「カムチャッカの活火山」によった）

カムチャツカの村

年寄りのたわごと

もし生まれ変われるなら、僕は１９４０〜１９５０年代のヨーロッパのアルピニストに生まれ変わりたい。ヘルマン・ブール、リオネル・テレイ、ルイ・ラシュナル、ワルテル・ボナッティ、などなど、あの時代の山には苛烈な夢があった。せめて、定年になって暇が出来たら、ブールが生まれ育ったインスブルックを訪ねて、彼が少年時代に登ったチロルの山々の岩に手を触れてみたい、と考えたりする。また、たまたま青い空に低い雲が流れて、その上に積雲が見えたりすると、そのまた上に白い峰が見えるのではないかと探している自分に気づくことがある。そして、なにか少し寂しくなる。山という言葉にこの頃とみに敏感になった。体力と気力の衰えを意識すればするほどに。それほど一生懸命に山に登ってきたわけでもないのに。

夢枕 獏の「神々の山嶺」上下巻を読んだ。著者自身がいうように、空前絶後の山岳小説だ。新田次郎や井上 靖、北 杜夫を、山岳小説というジャンルにおいては遥かに超えた、と思った。物語はエベレスト南西壁の冬期単独無酸素直登という現代の山屋にただ一つ残された課題についてのものである。

昔、谷川岳の山裾にある土合山の家は、目をギラギラさせ、ザイルを肩に三ツ道具をガチャつかせた若い連中がのし歩いていた。家族連れやハイカーには近寄り難い雰囲気があった。今は、そんな人間にはとんと出会えない。私のような中高年登山者の集会所になっている。

3年後輩のTS君が「森を歩く会」と称して東京近郊の日帰り登山を続けていた。ほぼ2、3週間に1回の割合で随分長く続いた。おかげで東京近郊にも人の気配のない深い山がこんなにあることを再認識した。シーズン中の名のある山々はヒトだらけなので、それを考えただけでウンザリしてしまうのだが、ちょっとはずれると熊や猿やカモシカにでっくわす場所があったのだった。彼が再び活動の拠点をアラビアに移して以来、「森を歩く会」も頓挫してしまった。

この2年くらいの間に山らしい所へ行ったのを振り返ってみると、「森を歩く会」約4回、Nの企画で札幌の人たちに世話になった冬の無意根山行、夫婦での土合山の家を中心とした夏休み（蓬峠越《よもぎとうげ》えもやった）、夫婦での八ヶ岳（緑池から赤岳）、Tが企画した夏の富士山、北陸支部の両君に世話になった5月の白山、そんなところである。富士山は大きく高かった。高所障害の片鱗を経験した。白山は懐が深い名山だった。蓬峠をこえて着いた土樽の駅でローカル線を待つ間にホームに寝転がってながめた赤トンボの群、初冬の丹沢の霧氷、大菩薩峠近くの紅葉の草原で味わったワイン、そして、吹雪の大蛇《おろち》が原で舐めたウイスキー、僕らだけの雪の無意根小屋、寒さで口がこわばった長い頂上稜線、やはり、山はいいな、と思う。

（1997年）

天狗原と雪倉岳

シールを、しっかり効かせて、足元だけを見て、一歩また一歩、スキーをふみ出して、雪の斜面を、直登する。急なところは、過ぎた、ようだ。だいぶ、息も楽に、なってきた。

さらに登り続けると斜度はゆるくなって風が吹きつけてきた。そろそろヤッケを着た方がよさそうだ。立ち止まって目を上げると、まっ青な空をバックに、まだ完璧に冬の装いの白馬三山が雪煙を上げていた。

まばらに背の低い岳樺や栂が生えている緩斜面を左へトラバース気味にゆくと、白馬乗鞍岳の雄大な斜面の全容が一望できる雪原に着く。そこが天狗原《てんぐっぱら》だ。

定年退職した2000年の春に一人で初めて訪れて乗鞍岳に登り、雪倉岳を見て魅了されたのだった。以来、毎年のように天狗原を通って山スキーを楽しんできた。

その時はヒデロー君と二人だった。

2005年4月22日(金)：朝一番の大糸線直通の特急で昼頃に栂池に着いてゴンドラで上がったのだが、予想もしなかった風雪で自然園行きのロープウェーは動かなかった。交代で膝下くらいのラッセルを繰り返して、思ったよりも早く天狗原(原)に着いたが、そこは真っ白で何も見えなかった。しかし、僕には自信があった。

原の乗鞍岳寄りの広くてごく浅い窪地状のところを真北へやみくもに進めば、必ず、振子沢《ふりこざわ》へ入る急斜面に張り出した雪庇にぶつかる。今日の天候と雪の状態で振子沢へ突っ込むのは危険なので、雪庇を左に見ながら尾根の際を北北東へ進むと、首尾よく蓮華温泉への道標にぶつかった。そこから左の林へと滑り込む。林間は風も弱く視界も良くなったのでルートを見失う心配はなくなったが、黄砂まじりの新雪は深くて重く、スキーの先が上がらず往生した。名手ヒデロー君はすいすい行ってしまう。僕は汗だくになって必死に後を追い、何とか暗くなる前に蓮華温泉に着くことができた。客は僕ら二人だけだった。

三年続けて雪倉岳をめざしてやってきたのだ。一昨年は時期が早すぎて(3月の連休だった)、雪倉の滝付近の雪崩が怖くてやめた。昨年は逆に遅すぎて(GW後だった)瀬戸川を渡ることができず失敗した。今年も嫌なコンディションだ。

次の日、朝4時、窓から外を見ると晴れていた。雪倉岳から朝日岳、五輪尾根へと続く山々が、蒼白くおし黙って夜明けを待っていた。僕らは無言でザックを肩に、足音をしのばせて外へ出た。よく冷えた朝だ。とりあえず滝の上まで行ってみようと歩き出した。

瀬戸川への下降点(滝見のコル)へはトラバース・ルートをとった。冷え込みでスキーがよく滑る。

コルで握り飯を食べた。ここから雪倉の滝の雪壁が見える。今まさに陽が当たり始めたところで、じっくり観察してから瀬戸川の方へと滑りおりた。

雪倉の谷と合流する手前の瀬戸川は狭く、そこにスノーブリッジがある。増水した流れが下流側に見える。それを右手に見ながら、傾いたスノーブリッジを滑って渡るのは気持ちのいいものではない。開けた合流点に達してほっとした。

雪倉の谷のスロープはまるでU字谷のようだ。それは徐々に傾斜を強めながら右に曲がって、滝の落ち口の急な雪の壁へと続いている。朝日を浴びながらアルペン的な無人の谷を登るのは楽しいけれど、谷の両側の所々にひび割れがみえる。雪が緩む前に着こうと休まずに登り、滝の上のテラスに着いた。

滝はまだ分厚い雪の下で氷結していて、あたりは物音ひとつしない。突然、登ってきた下の谷でザザッと音がした。みると、小さなブロックが転がり落ちたところだった。

さて、これからどうするか、二人で相談する。ガスがわきはじめたけれど、天気は大丈夫だろう。頂上までの標高差は900m強、ゆっくり登っても下りはスキーだから時間はたっぷりある。チャンスを逃す手はない。問題は登路だ。

今立っているテラスから上へ、谷は狭まって続く。その底をたどって雪倉岳頂上からの大斜面の下部に出るのが普通使われるルートのようだ。しかし、谷の中は雪崩から逃げようがなく不安だ。

そこで、１９３６ｍの台地へと続く尾根の末端へ、スキーを担いでキックステップで直登することにした。傾斜はそれほどではない。芝倉沢の源頭や無意根の壁みたいなものだ。しかし、高度感があって緊張する。最後は束ねたスキーを雪に突き刺して、それを手掛かりにして尾根へとずり上がった。

さあ、あとはシールをきかせて残りの標高差８００ｍの雄大なスロープをひたすら登るだけだ。思い思いのコースをとって登った。

上はガスッていて期待していた白馬岳方面の景色は見えないが、下は晴れていて、赤い屋根の蓮華温泉が小さく見える。ヒデロー君がビデオで私の登行を撮ってくれる。

登っているのは頂上から北東へ波打ってのびている丸い尾根で、なにしろ森林限界をとうに超えているから只真っ白で、まるで折り重なって寝ている巨大な白鯨の背中を歩いているみたいだ。左にみえる大斜面には、クジラの脇腹みたいに何本もの溝ができている。

いよいよだ。三度目の正直が一歩また一歩と近づいてくる。でも、一体これから先まだ何歩あるんだ。

時折、風が吹いてガスが下りてくる。いいなー、ウンッ、こういうのは大好きだ。

登りあきた頃、ふいに、ガスの先に頂上の棒杭が見えた。ヒデロー君がカメラをかまえて「先に行って下さい」といった。僕はそれに甘えて恰好をつけてゆっくりと登った。

〝中村さんが登っていきます。頂上まであと少しです。ゆっくり歩いています。いよいよです。

やりました、ついに、やりました。やりましたー！〃

僕はカメラの方へ向き直って、ちょっと照れて両ストックをあげて万歳をした。そして、後から着いたヒデロー君と霧の中で握手を交わした。

僕の現役時代、「スキー部山班」のスキー術は〃転ばずに下りる〃に尽きた。僕の腕前はその頃よりは随分ましになったつもりだけれども、ちょっと条件が悪くなると、体に染みついた昔の流儀になってしまう。

「山スキー部」になってから、特に70年以降の部員のスキー技術はまるで違うものになった。強くて美しい。ヒデロー君はその代表格の一人である。ガスっていようが、湿っていようが、引っかかる重い新雪であろうがお構いなく、美しいシュプールを残してリズミカルに滑ってゆく。

ホワイトアウトに半分めまいを起こしながらも僕は、とにかく、転んで消耗しないように、でも多少はスキーらしく滑ろうと頑張るが、悔しいけれど、滝の前後の急斜面では斜滑降キックターンするしかなかった。

頂上からスノーブリッジまでの標高差は１２００ｍ、技術があればどんなにか素晴らしい滑降だったろう。でも、スノーブリッジを渡り返して、あとは温泉に戻るだけで、ヘロヘロで雪の上に座り込んで安堵すると、じんわりと嬉しさがこみ上げてきた。これで充分だ。

その後、温泉につかり、ビールを飲み、夕食をたべて、ＰＥＴボトルに詰めてきたスコッチを飲んで、噂話をして、寝た。

三日目、快晴。木地屋《きぢや》へと下る。角小屋峠《かどごやとうげ》までは林道伝いにスキーを滑らせた。林道からはずっと、谷を挟んで、朝日に輝いて屹立する雪倉岳・朝日岳の連山を眺めることができる。登った山をこうして見上げるのは誇らしく、最高に気分がいい。

峠で雪倉岳とはお別れだ。ウド沢沿いに林間を滑る。定山渓奥の無意根小屋から薄別への下りを思い出すが、距離は2倍以上はある。下るにつれて林はどんどん春らしくなり、ヤナギが芽ぶき、フキノトウをみつける。キツツキのドラミングが聞こえる。最後は、林道の端に残った雪を伝って、なんとかスキーを履いたままで木地屋の村落に下りることができた。雪解け水が走る側溝でスキー板と靴の泥を落として、この素晴らしい山旅は終わった。

権現岳

権現岳が気になっていた。

なんといっても名前の響きがいい。「守れ権現」という山の歌があったような気がする。何年か前の五月にカミさんと甲斐大泉へ行った時に見た姿が大変よかった。八ヶ岳連峰の中で唯一まだ登っていないピークだ。標高２７１５ｍ。

僕は今年77才になった。六月初めごろに風邪をひいてから、ひどい咳がずっと続いて、体力を消耗していた。それで、テニスクラブは7、８月と休会した。近所の公園へ歩きに行っても、ちょっとした坂で息切れして立ち止まってしまう始末だ。情けないったらない。このまま老いてしまうのだろうか。もう高い山へは登れないのだろうか。老いは自然の摂理だから仕方がない。では、どこまでなら受け入れられるのだろうか。受け入れるべきなのだろうか。それを確かめねばと思った。そうしなければ、気持ちの整理がつかなかった。そこで、

「そろそろ梅雨明けですね。小生、風邪をひいて不調ですが、久しぶりに夏山へ行きたくなりました。どなたかお付き合い願えませんか。」と、関東支部のロートル会員へメールしたら、Ｋさん

とMさんがつきあってくれた。

7月27日(木)、曇。中央線から見る山々はみんな雲の中だ。天気予報はあまり芳しくない。でも、山へ向かうということだけで気分は高揚している。小海線の車中は、清里へでも行くのだろう、若者のグループがはしゃいでいる。二駅目の甲斐大泉で下車、駅近くのパノラマの湯「いずみ荘」が今日の宿である。ここに集合した僕らは街道沿いのコンビニへいって明日の昼食用のオニギリを買った。その後、温泉につかり、大広間でカツ丼などを食べて、早々に就寝した。明日、朝から雨なら日和って温泉巡りにでもするか……、そんなことも頭をよぎった。

7月28日(金)、曇。山には厚い雲が垂れこめている。7時朝食。7時45分、タクシーを呼んで天女山へ。8時、天女山駐車場(1529m)から僕が先頭、K、Mの順で歩き始めた。天気はもつのか、降りだすのか、まるで予測はつかないが、行けるところまで行こうと思った。

標高1860のポコくらいまで道はほぼまっすぐに西北へ向う。落葉松と白樺の林、細かい火山灰がしっかり固まった緩やかで歩きやすい道だ。息を整えながらゆっくりと歩いた。ホトトギスが鳴いている。それはいかにも高原の雰囲気であるが、雲は低く、どんよりと暗くてしめっぽい。薄いフリース下着1枚でもすぐに汗びっしょりだ。休憩は1時間毎とし、その都度水とエネルギーゼリーを摂って、どれくらい持続できるかやってみた。

ポコで道は少し南の方へ折れてだんだんと傾斜が増してくる。時々手を使う。あまり先を見ないようにして黙々と登る。しばらくしたら、なんとなく明るくなってきた。どうやら、低くかかっていた密雲の上に出つつあるようだ。ありがたい。

最近、水不足になるとてきめんに足が攣るので、ここからは30分くらい毎に傾斜の緩い場所を選んで休み水を飲む。

傾斜は更に急になる。シラビソと広葉樹の林でしきりに〝ジッ　チョリチョリッ　チョリチョリチョリッ〟とメボソムシクイが鳴く。

頭上の空が広くなってきた。そろそろ前三ツ頭山《まえみつがしらやま》だろうか。道は突然に北方へ曲がって緩やかになり尾根筋に出た。ちょっと先の開けたところに前三ツ頭山の標識があった。3時間半。いいペースだ。

大休止して握り飯を食べた。しかし、蠅や花虻などが汗をなめにやたらたかってきて煩わしい。Kはザックの口を開けたままだったので、次に休んだ時に蠅がザックから飛び出したくらいだ。

天気は歩き始めた時よりはよくなり、三ツ頭山が時折姿をみせる。でも、日はささない。東側からガスが上がってくる。木戸口への分岐までは西側へ傾いた石と砂の巾広い尾根で、東側の谷は背の低いシラビソの林である。もし引き返すことになって、その時にガスっていたら、傾斜に沿って西の方へ迷いこみそうだ。そのためだろう、大きめの石が尾根の端から一定の距離をとってならべてあった。谷側のシラビソの樹林とこの石の列の間を歩けば、迷わずに前三ツ頭山へ帰れるだろうと思った。

登ること30分で三ツ頭山に着く。目の前に権現岳らしい鋭いピークが聳えている。ピークの東側からガスが上がってくるので、赤岳などは見えない。西側はガスが時々切れて、谷を挟んで意外に近くに青年小屋が見えた。どうやら降られずにすみそうだし、ガスにまかれる心配もなさそうだ。権現岳はもうすぐだ、権現から真西へ下れば青年小屋への尾根に乗れるはずだ。行くことにした。

一旦ギャップへ下って、ピークへ取り付いた。真っすぐに登るルートより左へまくルートの方が楽そうだったので、そちらを採った。時々手も使って岩を登ったりへずったりする。

事前に地図を読んだり、インターネットで調べてはいたのだが、どうも頂上付近の地形をはっきり理解できていなかった。権現岳の北側にはキレット小屋の方へ下る長い梯子があるはずだ。また、頂上付近には権現小屋がある。でも、その位置関係があやふやで、僕は、小屋は頂上の手前にあるものと思い込んでいた。

下から見えたピークとほぼおなじ高さに達した。道の右側に「権現岳頂上」という真新しい看板があった。「えっ、嘘でしょう」と思った。すぐ先に権現小屋がみえる。その先にはここよりも高い岩峰がある。あれこそが頂上に違いないと思い、迷わずそこへ登った。そこには小さな石仏が2体鎮座していた。狭い頂上の三方は切れ落ちている。キレットへの梯子は見えない。でも、これが権現岳頂上だと勝手に判断して記念写真をとった。13時30分。

さて、ここから観察すると、青年小屋への尾根は足下ずっと下に見えていて、そこへ直接下りることはとてもできそうにない。おかしい。よく見るとかなり下方に、今立っているピークの腹を横切っている道のようなものがみえた。そうか、ルートはこの岩峰をまいているんだ。そこで、小屋の方へと引き返した。やはり、小屋の建っているコルから西北斜め下方へむかう道があった。

この道は岩場を下る。次からつぎへと鎖場がでてくる。面白いけれど少し緊張する。その途中から見上げると、さっき僕らが立っていた岩峰が実に立派に見えた。後からわかったのだが、この岩峰は擬宝珠《ぎぼし》といって、双耳峰である権現岳の片方の峰だったのである(もう片方は初めにみえた尖ったピーク:本当の頂上)。岩場にはチシマギキョウが咲いている。鎖場が終ってもガレの下りが続く。間違いなく青年小屋へのルートにのっていると分って安心すると、どっと疲れがでてきた。うっかり浮石に乗ってしまい、こらえられずに転倒。左手と左ひざに擦り傷。迂闊だった。さらに、足が攣りそうな気配。休憩して水を飲む。再び歩き出すが、小屋は近いと思うとますます疲れを感じる。最後に針葉樹林をぬけたら、バンザイ、そこに青年小屋があった。16時、小屋着。早速、缶ビールで乾杯した。

平日で悪天だったせいか、道中、この季節にもかかわらず他のパーティーに全く会わなかった。

また、予約なしでも3人で一部屋を占領できた。宿泊者は、我々以外に、男10人+女10人くらいの混成大パーティー、経験豊富そうなカップル、中年の単独行女性、その他数人だけだった。5時半に夕食。この小屋は「遠い飲み屋」という看板を掲げているように、土曜の夜は主人の竹内敬一ガイドも一緒に9時過ぎまで盛り上がるとのことだが、平日の晩はそんなこともなく8時消灯となっている。僕は疲れていたので、明るいうちから早々とふとんに潜り込んだ。Mは炬燵のある談話室でひとり酒をのんでいる。Kは外のブランコに座って夕暮れを楽しんでいる。大パーティーは男女別に二部屋に分かれて集まっているが、高年者のずーずーしさ、どんどん声が高くなってくる。聞くともなく聞いていると、今日はキレット方面から権現をこえて来たらしい。達成感もあるのだろう、どこへ行った、あそこへ行ったの自慢話になる。僕は今日の一日を振り返る。3人とも初めての山、初めてのコースを誰にも会わずに歩いてきた、それが嬉しかった。本当によい山、よい一日だった。しみじみとそう思った。

7月29日(土)、朝、一瞬晴れそうにみえたが、すぐに曇り、そして、いまにも降り出しそうだ。編笠山の頭はすっぽり雲の中である。

5時半、朝食。大パーティーは一斉にトイレを使用して、小屋の前でリーダーが訓示をたれた後、大石の上を飛び移る歩きにくい道をよろよろと編笠山へと出発していった。僕らも今日は目の前の編笠山をこえて観音平へ下るだけなので、のんびり構えていたが、小屋のスタッフがテキパキと片付けを始めるので、仕方なく出発した。編笠山へは標高差約250mの上り、そこから観音平まで約1000mの下りである。頂上で大パーティーに追いつき先に下る。今日は土曜日なので、下から続々と登山者が上ってくる。道は結構狭くて段差があり、おまけに濡れているので気楽ではない。でも、下りは下り、すれ違う人達にあいさつしているうちに、なんということもなく観音平の駐車場に着いた。ちょうど登山者をのせてタクシーが上がってきたので、それをつかまえて小淵沢駅へでた。駅近くの手打ち蕎麦屋で食事をして、鈍行で帰った。

それなりに歩けた。筋肉痛はない。反面、全身的な疲労の蓄積はかなりのもので、帰ってきてから、日が経つごとに疲労・倦怠感が増し、なかなか回復しなかった。また、よろけた時にこらえられなかった。これは、高く険しい山では致命的になりかねない、と思った。こういったことを冷静に受け止めて、これからの山登りを考えてゆきたい。

（2017年）

八ヶ岳・初冬

1990年

「欧米に何か良い機械がありますか」とか「いやー、日本のカンパニーは優秀だから」とかいいながら、まだ食事を配り終わっていない金髪のスチュワーデスを呼ぶためにせっかちにボタンを押し、やっと配り終えたスチュワーデスが来ると「いったいボタンを押してから何分かかるんだ」と文句をいい、やおら「コーヒーを持ってこい」などという。彼女はあきれた顔で「これから配るところです」という。彼女が行ってしまうと、「まったく毛唐は、ずうたいばかりでかくてサービスが遅いんだから」といいながら、彼はいらいら指でテーブルをたたいた。飛行機の中で、そんなビジネスマンに何人も出会った。あまりに早い世界の動きに圧倒されながらも、現在の日本の経済的地位があたかも自分一人の手柄のような顔をして、なりふりかまわぬ金儲けと効率主義こそ正義と勘違いしている。困ったもんだ。

下請け・孫請けいじめ、発展途上国からの低賃金労働者、系列取引などの上でのデカい面（ツラ）も、いったん過労で倒れようものなら惨めなもの。たちまち会社からは放り出され、半身付随の夫を抱えてやおら働きにでた妻を待つのはパートの仕事のみ。セクハラにもじっと耐えるしかない。

介護のために休めば収入はない。パートに組合はないし、社員の組合は見向きもしない。今更ながら、保育園がないばかりにフルタイムの仕事を辞めてしまったのが悔やまれる。自分が病気になったら、誰が面倒をみてくれるのだろう。最近では、福祉も民活だ。

合理化と効率主義、利潤原理、競争原理の社会は強者、若者、健康な者にとっては魅力的である。自分が成り上がるチャンスがあると思えるし、また、ある(こともある)。また、すでに成り上がった者(エスタブリッシュメント)にとっては、自分の地位が脅かされないかぎり競争原理は歓迎だ。ところで、競争原理、利潤原理皆無の社会の末路を我々は見てしまった。だから、改まって、自分の地位の安泰にはそしらぬ顔をして競争原理を持ち出すエスタブリッシュメントに非競争的弱者の論理を持ち出すのがはばかられると、組合は思っている(みたいだ)。

一方、我々は、長期権力は必ず腐敗すること、どうしようもない権力者に支配されることの悲惨(一番いけないのは、基本理念なき官僚主義者が古くさい教義や前例をたてにとって権力に居座ること、あるいは既に破綻したイデオロギーを頑固に守るのが権威だと思うことである)と同時に、抜群な基本理念を持った優れた個人が歴史を変えうることも知った。僕は、彼らの明確な力強いことばに圧倒されてしまう。すぐれた者が権力の座につき、長期権力の必ず陥る落し穴に落ちる(実際、どんな小さな権力にも、その周りをめぐる小宇宙ともいうべきものがあって、期間が長くなればなるほど、それはマフィア的つながりになる)のを早めにさけるには何が、どんな制度が必要かを真面目くさって議論するべきだと思う。私は、(1)異なる基本理念を持つ力の衝突があること、(2)これらの基本理念は(具体的な道筋を示しながら)分かりやすい言葉で公の場で語られること、(3)権力・地位には任期を設けること、が必要だろうと思っている。

組合の長期低落傾向がいわれて久しい。それは、「利潤原理こそイギリス再生の唯一の道と思い定めたサッチャーが炭坑争議にきわめて強硬な態度でのぞむと同時に、公営住宅の長期居住者への安売りというアメをも用意して労働組合を分断した」(森嶋通夫著:サッチャー時代のイギリス/岩波新書)ように、中曽根行革・民活路線によって日本の労働界が分断されたためで、それを許した一部反動組合が問題なのだ、といってしまえば事は簡単だ。しかし、そのサッチャーにもなかなか削減できない有名な福祉制度は長い間の労働組合の制度要求(その基での労働党の政権獲得)の結果なのである。

また、スウェーデンの福祉制度は長い社会民主党政権と生協や各種の運動団体の運動の成果である。竹崎牧著:スウェーデンの実験/講談社現代新書から抜き書きしてみる。「独自の発展をとげたスウェーデン社会保障政策が基本理念とするのは、年をとったら年金をもらえるとか、病気をしたら無料で医者にかかれるとかの狭義のものではなくて、民主主義、平等、連帯責任である。これらの理念を実現に近づけるために目標に選ばれたのが所得の公平再配分であって、年金、児童手当、医療、その他は所得再配分の手段にあたる。——スウェーデン社会保障とは、具体的には生活保障ではなくて、所得の保障である。生活保障とすると、すべての給付額決定が、最低生活費という根拠も計算基準もあいまいな概念に左右され、生活費の最低限度とははたしてどの程度なのかをめぐる論争を生み、あげくには国を相手の福祉訴訟のもとにもなりかねない。その点、所得保障を行うには、本人が現実に得ていた所得を基礎にすればすむ。」

組合員でないものが組合を語るのは落ち着かないが、いったい、日本の労働組合がなにかこのような制度(試案でもよい)をつくったことがあるのだろうか。毎年の春斗で、100円玉をいくつやりとりするかを徹夜で交渉することに自己満足を見いだしているのは空しい。1年や2年、いや5年でも、徹底的に自分達の求める社会・制度(「労働者が主人公である社会」などという訳のわからない、しかし、なんとなく口当りのよいスローガンでなく、もっと明確なもの)が何かを議論し、調査し、煮つめていく作業をし、それを政治のレベルで達成するにはどうしたらよいかを考えるべきだと思う。ルーチンに追われ忙しく動いていることを、あたかも仕事をしているように錯覚することから脱却すべきだ。権力機構は自分達の論理を日常的に制度化しているのだから。

ここに必要なのは基本理念であり(自分達だけがよければよい、正社員だけがよければよい、日本人だけがよければよい、というような基本理念が支持されるはずがない)、言葉なのだ。理解できない言葉を分かったような顔をしてやりすごしてはいけない。言葉は生き物だ。独り歩きする。常に、その意味をお互いに確認しながら(うかつに他者の使う言葉をつかうと、その言葉によって支えられているイデオロギーをも使うことになる）粘り強く議論し、体系を築いていくことが必要である。組合のことだけではなく、自省をこめてそう云いたい。

ああ、またやってしまった。誰だ、俺にこの種の文章を書けなんていった奴は。困った、困った。一貫したイデオロギーなんてものは敵であり、言語の構造を破綻させてイデオロギーの意味をなくしてしまえ、というのがポスト構造主義だそうですが、なかなかそんな器用なまねはできません。これで、ごかんべんを。ところで、筒井康隆「文学部唯野教授」おもしろかったですよ。一読をお奨めします。なんか支離滅裂。　終

（衛試ニュース（組合新聞）から依頼されて）

ＩＳＯ、人、酒、レストラン

僕は国際標準化機構・第１９４技術委員会（ISO／TC194）に長く参加してきたが、そこでの7年間の楽しい思い出話をして、国際化の一端を書いてみたい。なお、この文章は日本医療器材協会会報に掲載されたものに若干加筆したものである。

マリー・フランソワーズ

前TC194議長のペレン教授（スイス）は、会議で彼女に出会うと、分厚い眼鏡の奥の目をほそめて熱烈にマダム・アルモン（彼女を教授はそう呼ぶ）の頬にキスをするのが常である。僕は、家では彼女をマリー・フランソワーズとよんでいる。足は太いが、品の良い顔立ちとドゴールのように誇りに満ちた立ち居振る舞い、そして、趣味の良い高価なアクセサリーが似合うのに感心させられる。ボルドーにある試験受託機関の経営者であり、この分野でのフランスのリーダーである。

１９８９年7月にドイツの田舎町ホルツハイムで開かれた第1回会議で、彼女は私を〃オフィサー・ナカムラ〟と呼び、その年の暮れにボルドーで彼女が主催する学会に来ないかと誘ってくれた。そのパンフレットをみて、僕はすぐに行く決心をした。メドックのシャトーでの晩餐会が組まれていたからだ。学会での発表と討論（英語）はなんとかなった。ところが、急に「医療用具の規制についてのワークショップ」をやるから、シンポジストとして前に座ってほしい、といわれたのにはあわてた。ＦＤＡの係官も一緒であった。ワークショップはフランス語（英語の同時通訳付き）で、いつ話を振られてくるかと脂汗が流れた。それにしてもシャトーでの晩餐は期待に増して素晴らしかった。順よく出される各種の料理と銘柄ワイン、チーズ、デザート、そして、チョコレート。真っ暗なブドウ畑にぼーっと浮かび上がるシャトーの壁。脂汗を流しても、十分におつりがきた。

エド・ミュラー

夏至の季節のオスロは午後の11時になっても暗くならない。会議が終わった日、オスロ中央駅11時発の夜汽車に飛び乗って、一人でソグネ・フィヨルドへ気ままな旅にでた。汽車は雪のハイランド地帯を薄明に通過し、急勾配のフロム鉄道に乗り換えて、早朝にフィヨルドの再奥に着いた。壮麗で静寂な雪をいただく山々を眺めながら、油を流したような水面を行く船の旅、そして、バスでの雪の峠越え。充実した1日を終えて、オスロのホテルに帰ってきたら、もう誰もいないと思っていたのに、

FDAのエドが一人でビールを飲んでいた。声をかけて同席したのが運の尽きで、延々3時間近く、ビールの大ジョッキを4、5杯あけて、話し込んだ(勿論、彼が80%で私が10%、残りは沈黙とビール)。この時に、私が「インプラントの長期的生体影響の事前予測は難しいから、摘出したインプラント医療用具の解析と情報の集積、そのフィードバックが大切だと思う。そのためのシステムが必要だ。」というと、「実は俺もそう思っているんだ。」と、彼が考えているプランを語ってくれた。それ以来、彼とは随分親しくなって、僕が日本バイオマテリアル学会を主催したときには、「インプラントデータシステム」シンポジウムに講師として来てもらった。この時は、なぜか安い赤提灯で飲んだ。

ジェレミー、ジョン、そしてISOの飲み仲間

まん丸い目、とがった鼻に、人なつっこい笑顔で、上下に体を揺すりながらQueen's Englishを連発銃のように発する英国厚生省Medical Devices Agency(MDA)の係官がジェレミーである。会議の期間中、何となく一緒に行動するグループができあがっていて、僕も彼も、バーに遅くまで居座るグループの一員である。しかし、皆さん、ただの飲み会と思っていただいては困る。日本人は、夜まで英語に悩まされたくないといって、こういう場へ出るのを億劫がることが多いが、意外に真面目な話題や情報が飛び交って、場合によっては、根回しの場にさえなるから、出ないと損を

する。彼には、日本の生物試験法ガイドラインの原案を私が英訳したものを真っ先に送った。彼からは、シリコーンジェル人工乳房とラッテクスアレルギーに関するＭＤＡの評価文書をもらった。TC194の初期、国際規格案（ＤＩＳ）投票では、英国は反対投票をするのが常であった。ある全体会議のことである。はじめて英国が賛成投票をしたことが事務局から発表されると、会場からは拍手が巻き起こった。ジェレミーがやおらマイクの前に進み出て云った。"This is not the last." 爆笑。

飲み仲間と云えば、スコットランド生まれオランダ国籍のJon Mathersを抜きには語れない。寂しがり屋の彼は、いつも彼がみつけたレストランやバーへ皆を誘った。会議の前日、会場のホテルに参加者が次々と着き始める。僕が着いていることを確かめると、彼は必ず部屋へ電話をかけてきて、〝今晩予定があるか〟と訊ねるのが常である。勿論、合流する。すでに、バーではお歴々が盛り上がっている。時差ボケと耳が英語に切り替わっていないのとで、逃げたい気持ちになるが、そこを少し無理をして仲間に加わる。それが大切なことは身にしみているのだ。彼からは、ＥＵの医療用具関係文書を随分もらった。また、新しいISO/TC150/WG7 "Fundamental Principles" やTC210 "General Aspects" が立ち上がる前に、私にその情報を伝え、参加を呼びかけてきた。後に医療用具関係の国際企業Cordisを定年退職した彼は、一時、TC194議長であるドイツのMueller-Lierheim の主宰する認証機関（notified body）の教育担当者として働いていた。

日本のデレゲート

僕がこのようにＩＳＯピープルとして認められるようになったのには、国内委員会の後ろ盾は勿論のことながら、他の日本のデレゲートの努力と個性によるところが大きい。それぞれが学問・経験・個性をバックにして、会議場の内外で自立的に闘い、友好を深め、貴重な情報を集めてくる。全員のことを書きたいが、紙面もないので、特に阪大の黒澤助教授について記そうと思う。

実は、彼は北大山スキー部の後輩である。卒業後、ニュージーランドに5年間留学し、獣医学博士の学位をとった。また、本人の言によれば、ＮＡＳＡのスペースシャトルの日本人宇宙飛行士に応募して、あわやという段階まで残ったそうだ。これで、彼の英語のコミュニケーション能力は推定できるだろう。ＩＳＯでは、主に動物愛護のＷＧに出ているが、他のＷＧでも争点をきっちりと掴んでくれるので、随分助けられている。また、すぐに誰とも友達になれるので、我々もＩＳＯコミュニティーにすんなりと入ることができた。

ボルドーでは、町で出会った女性から、ガイドブックにはない小さなレストランを教えてもらってきた。早速、日本人3人ででかけた。ドアを開けて入ると、常連らしい客が一斉に「日本人が何しに来たか」という顔をしたように思えたが（なにしろ、黒澤君は半纏を着ていた）、そこは臆せずに席に案内してもらう。黒のドレスがシックなマダムがメニューと分厚いワインリストを持ってくる。英語をしゃべるのでホッとして、選ぶのを手伝ってもらう。僕は前菜に「牡蛎のグラタン」を選んだ。"Good choice. That's our recommendation. Then, what's for main course."そこで、「鳩のロースト・なんたらソース」を選ぶ。"Good choice, again. The best one in our restaurant."と、マダムは「おぬし、できるな」という顔つきでいった。ソムリエがきて、いよいよ、ワインを選ばねばならない。なにしろ本場だから数も種類もあきれるほどだ。尤もらしく、実は値段と相談しながら、「シャトー・マルゴー1985」を選ぶと、「デキャンタで出すか」という。「ウイ」。ソムリエはデキャンタに入れたワインをテーブルに置くと、遠くの壁際に立った。待てど暮らせど、注ぎに来る気配はない。待ちきれず、自分達で注いで飲んでしまった。この時、レストラン全体の空気がさっと変わったのを今でも思い出す。後に通に聞いたところによると、赤ワインを旨く飲むには、開けてから暫く空気に触れさせておかねばならないのだそうだ(エアリングという)。ソムリエはタイミングを見計らっていたのであった。ま、こんなこともあって、化けの皮がはがれたのだが、料理は最高だった。特に鳩は素晴らしかった。皮がカリッとしていて、肉は柔らかく、ソースがまた何ともよかった。こうしていても、またヨダレがでてくる。

おわりに

国際舞台での日本のプレゼンスの欠如ということが話題にされることが多い。その原因のほとんどは、霞ヶ関の官僚がくるくる変わるのでInternational Communityに加われないからだと思う。自分の意見がなければ、お話しにならないが、それだけでなく、人とのつきあいが重要なのは国内だけではない。そして、つきあいには酒や料理が潤滑剤になる。また、それが国際会議の楽しみでもあるのです。お忘れなく。

もう一つ付け加えたい。初めの頃、英国の代表はMarylin Duncanという人であった。私はなんとなく彼女になじめなかった。ある時、親しくしていたベルギー人がこういった。「中村さん、彼女の父親は日本軍に殺されたんですよ。」ドキッとした。でも、彼女はフェアーであった。私の主張が理にかなっていると理解した時、公式的なルールを曲げても文書の修正に応じてくれた。こういう関係は、ヨーロッパ域内でのドイツと他国の間にも当然あるのだが、表面上は何事もないようにみえる。しかし、忘れてはいないのだ。それを忘れてはいけないと肝に銘じている。

（1996年）

フィンランドの旅

２０１２年の夏至の頃にカミさんとフィンランドを旅行した。良い旅だった。親切で控えめな笑顔が素敵な人達に沢山出会った。

（ヘルシンキ　Helsinki）

6月19日（火）、深夜にヘルシンキに着いた。飛行機から見た景色、夕日に森と湖が紫に染まってゆくのが印象的だった。

次の日の朝、ヘルシンキ駅へ行って、夏至の日のロバニエミ行き寝台列車の予約表を窓口に出した。すると、係のおばさんは僕らの顔をみながら「大人二人のチケットですが、シルバー割引があります。如何ですか。」という。65才以上に適用されるとのことである。勿論イエスと答えて「証明するものがいりますか」と聞くと「車掌が見せろと云ったらその時に見せて下さい。」といって、割引の切符を作ってくれた。差額はカードへ払い戻すとのことだ。

さあ、市中観光だ。最初は観光客なら誰もが行くカテドラルへ。カテドラルの階段の前の広場には団体ツアーのバスが沢山並んでいて、いろいろな国の人達が階段を上り下りしている。ドイツ人、アメリカ人、そしてアジア系も多い。アジア系の多くは中国人、次いで韓国人であった。たまに日本人もみかけたが少ないし大人しい。カテドラルの中を見ようと入口に立ってふとみると、11時からパイプオルガン演奏、とある。もうすぐではないか。中へ入って祈祷をする席に座って待っていると突然「ゴーッ」とオルガンが鳴り始めた。バッハの宗教曲、無料。

カテドラルから港へむかって歩いてゆくと、港のそばにKauppatori（マーケット広場）がある。テントが沢山あって、野菜（ジャガイモ、葉つきの人参やタマネギ、カブ、蕗、スナップエンドウ、など）、果物（リンゴ、オレンジ、サクランボ）やベリー（イチゴ、ブルーベリー、クランベリー）、花、衣類、小物、土産物、いろいろと並んでいる。近くにはKauppahalli（屋内市場）が建っていて、そこには魚屋、肉屋、パン屋、ケーキ屋があり、屋外屋内のマーケットのどこでも適当に買って食べることができる。このような市場は、その後に立ち寄ったどの町にもあって、近くの人たちが買い出しにきて、そこでビールを飲んだり食事をしたり、おしゃべりをしたりする場所のようであった。さすがにヘルシンキでは観光名所なのでごった返している。呼び込みは僕らにむかって「ニンハオ！」と呼びかける。昔、ヨーロッパの観光地ではどこでも「コニチワ！」といわれたものだが、時代は変わった。

港には大型のフェリー船が何隻も停泊している。シリアライン、バイキングライン、などである。

カミさんが25年前に一大決心をして初めての団体海外旅行に来た時に乗ったのがシリアラインだったそうだ。

近くのロシア正教会はイコンが素晴らしい。公園の緑が眩しい。紫や白のライラックの大木、白いバラ、黄色の房のような花を付けた木。楡や樫の大木が緑の芝に影をつくる。クロツグミの声、保育園児の笑い声が聞こえる。シジュウカラガンの群れが子連れで歩いている。

泊まったホテルはデパートStockmann近くの繁華街の路地にあるビルの5階と6階を使った安宿で、部屋に洋服ダンスはなく、シャワーとトイレの間の仕切りもない。窓の真下はカフェテラス「Beer House」で、夏至の頃ともあって、夜中まで音楽が鳴り響き、わいわいと盛り上がっていて面白い。そこで一句
〝ダダダンダン　ワッハッハッハ　白夜かな〟

6月21日(木)、快晴、20℃。木陰に入ると寒いくらいだが日なたは暑い。北国の透明な日差しがまぶしい。世界遺産に登録されている要塞島「スオメンリンナ」へ船で渡って、半日ぶらぶらした。そこら中にシジュウカラガンが歩いていて糞だらけだ。夏だというのに一面の菜の花の盛り、ライラックとハマナス、菖蒲が咲きみだれる。古い要塞の石壁と弾薬庫の跡、大砲に子供がまたがって遊んでいる。周囲はまぶしい海。カモメが沢山飛んでいる。客船が出て行く。じりじりと日に焼ける。

6月22日(金)、快晴。今日は夏至。町は静かで歩いているのは観光客のみ。列車の出発時間まで

駅の北側にある小さな湖の周りを散策した。カモメやミズナギドリが飛び回っている。シベリウス・アカデミー（音楽大）、フィンランディア・ホールが畔にある。湖の周囲の芝地は日光浴の人達でにぎわっている。ビキニ姿が寝ころび、持ってきたワインやシャンパンやビールやなにやかやを飲みながら、ひがなしゃべっている。空になった缶や瓶、ペットボトルはそこらへポイッと捨てている。ジプシーかなと思うような人が自転車にポリ袋を下げて集めて回っている。多少の稼ぎになるのだろう。

そういえば、ヘルシンキの市場や繁華街では乞食をよく見かけた（ヘルシンキ以外では見なかった）。その大方はよろよろと寄ってきて紙コップを差し出すスタイルである。ベルリンの乞食はルンペン帽を前に置いて哲学者のようにただ座っていた。ロンドンの地下鉄では若い女がやおら立ちふさがって目の前に手をつき出したものだ。

（夏至祭 Mid-Summer Day）

フィンランド観光局から貰ったパンフには「もともと、フィンランドの夏至祭は、田舎の水辺のサマーコテージで祝う習慣があり、今でも夏至祭の間は街から人が消えると云われるほど。」とあり、実際、22日はどの店もオフィスも、カフェも、なんと、鉄道駅のキップ売り場も閉まっていた。列車は走っていたが。

さて、僕らの乗ったロバニエミ行きの寝台列車は、ヘルシンキを22日の午後6時半に出発し、夕ンペレ、コッコラ、オウルをへて23日の午前7時半にロバニエミに到着したのだが、停車する駅毎に大勢の人達が集まって、手を振る、笑いかける、ダンスをしたり、芸人が何やらやっていたりする。沿線でも笑顔で手を振る人が絶えない。途中で分かったことだが、この列車にはTV局の夏至祭特番のクルーが乗り込んでいて、後ろから4両目の車両は、何台ものモニターと床を這うコードでTVスタジオと化していたのであった。僕らもホームに降りて近くまで行って覗いていたら、近所からきたおばさんが「ロバニエミへゆくの？いいわねー」と笑顔で手を振ってくれた。

23日の朝にロバニエミ駅に着いたらホームは着飾った人達でごったがえしていた。荷物をかかえて列車を降りたら、あっという間に取り囲まれてスターみたいだ。ちょっと先ではフォークダンスが始まる。見ていると傍のご婦人から「踊りませんか」と誘われ、どうとでもなれと踊りに加わった。次の曲になるとまた別のご婦人に誘われた。とにかく皆さんすっかりはしゃいでいる。有名タレントらしき美人を取り囲む人の輪、それを映すTVカメラマン。まだまだ踊りは続いているが、朝食サービスをしっかりいただいてから、タクシーでホテルへ向かったのであった。

〝白夜列車　駅毎祝う　夏至祭り〟

(ロバニエミ Rovaniemi)

ロバニエミはラップランド地方の中心で、北極線の8㎞南にある。サンタクロース村へはバスで15分ほどだが、そこは北極線の真上である。メインストリートを下ってゆくと流れの速い広い川に行き当たる。宿泊したホテルはそこにあった。あいにく夏至祭と週末の連休のために博物館もなにも休み、町はカフェだけが賑わって、地元の人達が昼間からビールやウォッカを飲んでできあがっていた。一休みしてサンタ村へ行くことにした。

バス停はホテルのすぐそばで、数人がバスを待っていた。その中に一人の日本人女性がいて話しかけてきた。名は涼子さん、雰囲気や容貌がちょっとオノ・ヨーコに似ている（本人はそう云われるのが嫌だという）。キャリアウーマンだったが定年退職し、今はブルガリアに家を借りて、日本と半々で暮らしている。ヨーロッパのどこへも2時間くらいで行けるし、安く暮らせるのでブルガリアを選んだそうだ。外国語漬けの一人暮らしの反動だろう、とにかくよくしゃべる人だった。今日はサンタ村へゆき、明日は駅を11時に出発する定期バスでスカンジナビア半島の北端のノールカップ（Nordkapp：北岬）へ行ってMidnight Sunをみて、その後、飛行機でノルウエーのトロムソへ飛び、友人と合流するといっていた。

サンタクロースは赤い服を着て、白いひげを生やし太った大きな人だった。握手する手は大きくすごく厚かった。サンタだから当然だろうが何語でも話せるそうで、初対面の僕らに向かって〝ニン・ハオ〟とはいわず〝コンニチワ〟と挨拶した。さすがだ。付近にはトナカイやハスキー犬を飼っている村があり、普段ならいろいろ体験できるのだが、これもお休み。サンタ村もほぼ〝夏休み〟状態だった。

町へもどり、日陰でアイスクリームをなめて、ＩＮＦＯ(観光案内所)に入った。調べてもらうと、午後9時からのツアーがみつかった。夕食付きで一人１２０ユーロ、かなり高いが乗ることにした。

ツアー参加者は僕ら以外に、アメリカ人の父娘、日本人の母と二人の娘(フィリピンのインターナショナル・スクールの夏休みで旅行中。長女は英国生まれで12才、次女はジャカルタ生まれで８才)であった。船外機つきの底が浅くて細長いボートに乗って川へ出る。溢れんばかりの水に透明な空と雲が映る。周囲の森がゆっくりと後ろへ流れてゆく。船は小さな島に着いた。そこは昔、切り出して川に流した木材を集めて筏に組む作業する場所だったようで、数棟の小屋が建っている。中央の小さな広場には円形に木のベンチが並んでおり、真ん中に火を燃やす場所がある。ガイドは白樺の薪をくべて薬缶をかけた。夕食は鱒のステーキ、ジャガイモと人参のいためもの、クランベリー・ジュース、そしてコーヒーという簡単なものだったが、周りには野の花々、頭上には透き通った広い空と雲、心地よい風、なんとも贅沢な食事であった。11時にホテル裏の船着場にもどり、そこから４ＷＤ車でOunasvaaraスキー場の丘の頂上まで行った。そこからは眼下にスキーコースとジャンプ台、森と川がはるかまで見渡せて、地平線には赤い太陽があった。グラスにシャンパンが注がれ、それを沈まぬ太陽にかざして乾杯した。スキーコースの草地にウサギが歩いていた。

6月24日(日)、川向こうの林を散歩した。蚊とブユが多い。歩道と自転車道を兼ねた舗装した道が続いていて、時々、ノルディックスキーの夏トレーニングをしているランナーとすれ違った。夕食は贅沢をしてホテルのレストランでトナカイ肉のシチューを食べた。マッシュポテトで円状の土手をつくり、その中心にシチューを盛りつけ、クランベリーのソースとヨーグルトを適宜に加えて食べる。

（オウル Oulu）

6月25日(月)10時発の列車に乗り、12時27分にオウルに着く。線路脇にはルピナスが咲き、ひたすら白樺と針葉樹の森が続いた。オウルは、ボスニア湾に面しオウル川の河口に位置する港湾・文教都市である。市庁舎、博物館、教会などの建物はどれも美しい。駅の反対側にはバスプールがあり、新市街が広がっている。

泊まったLasaretti Hotelはオウル河畔の公園の中にあって、川にはダムがあり、その脇には魚道が作られていた。これは本当の小さな川のように造成されていて、周囲には花や植物が茂り、幾重にも曲がったり小滝があったりして、公園の風景によく溶け込んでいる。公園はよく手入れされているが一見原始林のようで、散歩道の脇には日本では高山植物であるボウフウとキンポウゲが沢山咲いていた。公園を抜けると港近くのKauppatori（マーケット）にいたる。港のそばには小さな面白い店が並んでいた。釣道具屋があったのでひやかしに入った。「貸し竿はある？」、ひげ面の主人「売り物だけだよ」、「この辺で何か釣れるの？」、「Pike（カワカマス）とPerch（スズキに似た川魚）

だね」、「Pikeの大きさはどれくらい？」、両手をひろげて「これくらいだよ。ちょっとやってみようか」。やおら竿を持ってキャスティングする。ルアーは見事に飛んでいく。2、3回やっていたらヒットした。しかし、バラしてしまった。ルアーの食痕をみせて、「Perchだったね」といった。

ＩＮＦＯ、市庁舎、教会、美術館、博物館などはマーケット広場から歩いてそう遠くないところにある。教会へ行ってみた。すっきりした感じの良い教会だ。祭壇の上の壁には、左から右へ、星空が段々と明るくなり、また、夕空に変わる様子が表現されている。入口にひっそりとサマーコンサートのポスターが立っていた。9月15日までに計10回開催されるようで、第2回目が今日、何という幸運なのだろう。Ismo Hintsalaというオルガニストが出演した。5ユーロ／人。この人はシベリウス・アカデミーを卒業後、パリのコンセルバトアールで勉強し、ノートルダム寺院のオルガニストをやって、現在はOuluで教育、ヨーロッパ中で演奏活動をしているとのことである。

曲目は、O・オルソン「ソナタ　ホ長調　作品38」、E・ギゴー「スケルツォ」、E・H・ルマーレ「アンダンティーノ　変イ長調　作品83」、T・デュボア「トッカータ」、O・メリカント「ルコウス」、そして、シベリウス「カレリア組曲から」、であった。その後の旅行中、頭の中ではカレリア組曲が鳴り続けた。

終演後、教会の外へ出てきたら中年のおばさんに話しかけられた。彼女は若い頃にケンブリッジの英語学校へ行っていたそうで、同級に日本人の男性もいて今でも文通しているそうだ。「大阪に住んでいるんです。フィンランドにおいでというと、近いうちにと返事はあるのですが、来たことがないんですよ。」と、ちょっと不満げであった。話している脇をオルガニストが通ったので「素晴らしかったです。ありがとう。」と声をかけた。彼も笑顔で「Thank you. Have a nice evening.」といって行ってしまった。あとでサインを貰えば良かったと悔やんだ。

(Liminka野鳥サンクチュアリ)

6月27日(水)、これまでの眩しい空と日差しは一転、霧から曇り、そして雨になった。

〝キンポウゲ　Ouluの雨は目に優し〟

気温13℃。サンクチュアリではパーカーを着るほどだった。Lapland地方では雪が降るだろうとの予報だ。

駅の裏のバスプールから9時35分のLiminkaへ行くバスに乗る。同じバスに乗ったおばあさんがしきりと話しかけてくれるのだが、フィンランド語で全くわからない。二人で地図を見ながら「ビジターセンターはLiminkaからかなり離れたMikkolaだから歩くのは無理だね、タクシーでもみつけようか」などと話していたのだが、Liminkaに着くと反対側にバスが停まっていて、おばあさんはそれに乗り込み、運転手やいあわせた若い男性と何やら話していた。すると、若い男性が僕らに向かって英語で「サンクチュアリへ行くんですか」と聞いてくれ、「それならこのバスに乗りなさい」

と云ってくれた。バスはひらけた牧草地や農地の中を走ってゆく。10分ほどすると、若い男性（どうやら車掌だったようだ）は僕らに「もうすぐです。ほら、あの建物がビジターセンター」と教えてくれた。バス停の周囲はなにもない吹きさらしで、キンポウゲだけが風にゆれていた。

ビジターセンターは簡素な木造の建物で、中にはレストラン、展示室、教室などがあり、インストラクターが常駐している。ガイド（有料）を頼んだ。まず教室のスクリーンを使ってLiminka湾へくる鳥たちのビデオを見せて説明、「今年は夏が遅かったので、普段ならもっと北へ渡っているはずの鳥が留まっていて、雄鴨どおしが雌を争う様子がまだみえますよ」という。木道を歩きながら「春先に嵐があって、凍っている湿地が浪で持ち上げられ、氷の破片がすごい勢いで飛ばされたので、ここらの小さい木々は倒れました。それでこの辺はすっかり開けてしまっています。ほら、遠くに赤い屋根の小屋がいくつも見えるでしょう。あれは個人所有の釣りや狩猟のための小屋なのですが、それもずいぶん壊れました。サンクチュアリの土地のほとんどは私有地で、鴨猟なども禁止されてはいません」とのことだ。観察小屋からスコープと双眼鏡を使っていろいろな鳥を見せてくれた。鴨が泳ぐ上をオジロワシが旋回している。鴨があわてて飛び立つ。遠くの水辺の茂みにはツルの親子の首が出たり隠れたりしている。チドリが羽を広げて向かい風に乗って滞空している。うしろに伸びた二本の足がかわいい。かなりの数のファルコンやハリアー（鷹類）がハンティングのためにわらわらと飛び交っている。

午後1本しかないバスでOuluに帰り着くと雨は本降りになった。早足でホテルに帰り熱いシャワーを浴びてホッとした。スリリングな一日だった。

〈クオピオ Kuopio〉

6月28日(木)、小雨、気温12℃。オウルを12時38分発の列車で発ち、途中カヤーニ(Kajaani)で乗り換えて、クオピオには5時10分に着いた。乗換駅のカヤーニには若い兵士(女性もいた)が大勢いて、それぞれ家に帰るために切符を買ったり列車を待ったりしていた。連中、よくタバコを吸いよく笑う。

〝列車まつ若き兵士のベレー帽〟

白樺と針葉樹の森だけだった車窓から湖がみえるようになったら、そこはクオピオだった。晴れていた。

クオピオの町は駅から湖へ向かって開けている。ショッピングセンター、市場の広場、その先を左に折れると右手に教会と公園、左手にはCamilloというレストラン、美術館と博物館、ゆるゆると下ってゆくと船着き場である。ここの美術館は小さいがなかなか良い美術館だ。地元のアーティストの作品の展示とは別に、19世紀くらいからのフィンランド画家の絵がほぼ年代順に並んでいた。同じ印象派時代の作品でもやはりフランスやオランダとは違う色と光なんだと思った。素描や下書きが引き出しに整理されていて、それを1段ずつ見ることができるのもよかった。

宿にチェックインしてから教会へ行ってみた。教会の正面階段を登って振り返ったら、目の前には幾何学模様の花壇と芝生、背の高い並木がつながり、その先にまっすぐな道が続き、さらに先には湖面が光っていて、ハッとするほど美しい。正装した人が数人教会へ入ってゆくので〝もしや〟と思って入り口にあった小さな看板を見てみたら案の定、今晩9時からコンサートとあった。

コンサートは、混声合唱（Puijon Kamarikuoro 合唱団）と2台のオルガンによる宗教曲：（ルイ・ヴィエルヌ Louis Vierne 作曲「合唱と2台のオルガンのための荘厳ミサ曲 嬰ハ短調　作品16」など）で、10ユーロ／人。

主オルガンは祈祷席の後方上部、副オルガンは前部祭壇の右手にあって、合唱は中央部と両側に立った。演奏は、カテドラルの円頂への反響と相まって、それは素晴らしいものであった。アンコールでは二人の女性オルガニストも加わってフィンランド民謡を歌った。素朴で明るく透明な曲で、ああ、フィンランドにいるんだと感激した。

6月29日(金)、晴。サヴォンリンナ行きの船MS Puijo号の船着き場を確かめがてらに、湖の辺りを散歩していたら、Train Bus のバス停をみつけた。小さな子供が喜ぶような列車バスだ。二人の子供を連れた若い夫婦が待っていたので僕らも一緒に待った。まもなくゴトゴトとやってきた。運転手に金を払って乗るときに「タック！(ありがとう)」といったら、「それはスウエーデン語です。

フィンランドでは〝キートス（kiitos）〟と云った方がいいですよ」とやんわり笑顔で云われてしまった。以後、機会ある毎に〝kiitos〟を使ったが、相手はいつも嬉しそうに「ヘイヘイ（どうも！）」と応じてくれた。運転手はフィンランド語と英語で「右に見えますのは……」と説明したり、陽気に歌を唄ったりして、なかなか面白い。

夕方、なんとなく人波が波止場のほうへ動いてゆく気配なので行ってみると、倉庫のような建物全体がバー&カフェと化し、ディスクジョッキーがわめいている。別の場所にはテント地の塀で囲われた仮設広場ができていて、ロックシンガーが叫んでおり、ビール片手の若者であふれていた。金曜日の夕方だからだろう、透明で明るい水辺は開放感と活気に満ちていた。鴨の親子が歩いている。カミさんが塀の隙間から覗いていると、塀の上から「入っといでよ！」と声が降ってきた。どこから来た、何日いる、どこへ行く、との毎度の会話、そしてまた、「俺ちょっと酔ってるけどさ、いいから、おいでよ！」。ちょっとその気になりかけたけれど、明朝9時の出航を考えて止めた。

（サヴォンリンナへの船旅）

6月30日、8時半頃に波止場に行くと、MS Puijo号の周りにちらほら人が集まっていて、乗船が始まっていた。受付係は予約表をみる前に「Welcome, Mr. Nakamura」という。約10時間半の船旅の料金、一人88ユーロをカードで払う。フィンランドではどこでも、バスも屋台のアイスクリーム屋でもカードで払うことができるので、旅行中に両替の心配をしなくて済んだ。

MS Puijo号は全長28.3m、幅6.27m、乗客定員150人、レストラン席数80、サンデッキあり、という船で、クオピオとサヴォンリンナの間の湖水地方を1隻で往復している。途中5つの小さな運河を通過する。そこで降りる人もいるし、乗り込む人もある。

クオピオを出てしばらくは、船は大きな湖の真ん中をゆくので見えるのは水と広い空ばかりである。2時間くらい経つと両側の森が近くなってきた。ところどころに大小のコテージが建っていて、大人も子供ものんびりと船に手を振る。どのコテージの前にも船着き場があって小さなモータボートが係留されている。蚊帳で囲った椅子とテーブル、サウナ小屋もある。

空の色をどう表現したらよいのだろう。紺碧ではない、青空でもない、空色では芸がない。吸い込まれるような青だが、あくまでも透明で淡い。雲たちは一様な高さに整列して、もり上がるわけでもなく、漂うわけでもなく、ただのんびりと浮かんでいる。

〝北欧に夏は来たれり　羊雲〟

遠く近くに重なり現れる森達はくろぐろと沈黙している。さざなみもない湖面を、船の航跡の緑色のうねりが幾重にも森へと広がってゆき、岸辺の草をゆらす。そんな景色がゆっくりと後ろへ動いてゆくのを見ながら、キャビンでいねむりをしたり、レストランで食事をしたり、本を読んだり、乗り合わせた人達と話をしたり、それは静かで優雅な一日であった。

湖と湖の間では小さな運河を通過する。それぞれの湖面の高さが違うので、それが繋がる場所は狭い早瀬となっていて船は通れない。それで運河を造ったわけだ。フィンランドの地図をあらためて眺めてみると、ボスニア湾やバルト海の近くにはいくつもの川マークを見ることができるが、中央部にはそれがない。18万もの湖は川でもあったのだ。ほとんど山のないフィンランドの森林地帯は洪水の後のように水浸しで、サマーコテージは浸水に取り残された家のようにも見えた。

二人の子供連れの夫婦とデッキで話した。奥さんはよくしゃべるが旦那は無口だった。上はprimary school（9年制）の6年生の女の子で日本（特に漫画）に興味がある。下は8才の男の子ですでにスキーレースに出ている。サヴォンリンナへは車で行ったことはあるが、夏休みに家族で船旅をすることにしたのだそうだ。奥さんが、「私たちの世代は英語が必要だとは考えませんでしたが、今は違います。子供達は学校で英語を習っています。」といって、女の子にほら話しなさいよと促す。彼女は真剣に僕らに話しかける。漫画のこと、英語の授業のこと、漢字を少し知っていること、などなど、通じることが嬉しそうだった。

軽い夕食をレストランでとり、ワインを飲んでいるうちに、船はオラヴィンリンナ城（Olavinlinna Castle）のすぐ傍を通って、サヴォンリンナの港へ接岸した。船員にタクシーを呼んでもらって、ホテルへと向かった。

(サヴォンリンナ Savonlinna)

サヴォンリンナの中心街は二つの湖を遮っている島の上に開けていて、オラヴィンリンナ城は狭い水路の真ん中に立ちふさがるごく小さな島の上にある。僕らの宿は中心街から約4㎞ほど離れた低い丘の上にあって、周囲は白樺などの林に囲まれた住宅街である。四角な建物が数棟あって全体がSummer Hotel Malakiasと呼ばれている。管理棟にはおばさんが一人、いつもパソコンとにらめっこしているが、いつでも何でも気軽に陽気に相談に乗ってくれた。部屋には、ひろいベッドルーム、テーブルと2脚の椅子のあるDK(冷蔵庫、食器棚、電磁調理器、オーブン、流しがついている)、トイレ室とシャワー室は別々、二つの衣装棚、各種の棚がついている。レストランはないので当然朝食もついていない。おばさんに教えて貰った近所のスーパーで、朝食用に黒パン、ハム、チーズ、クランベリージュース、ミニトマト、リンゴなどを買ってきて冷蔵庫に入れておいた。後で判ったのだが、この建物は大学の学生寮(ドミトリー)で、5月末から9月までの休暇の間、ホテルとして有効利用していたのであった。

7月1日(日)快晴。一転して暑くなった。おばさんは、当分続くとの予報だけど、暑いのは嫌だわ、という。幹線道路沿いにぶらぶらと歩いて町の方へと下っていくと、道路脇に「サーカス・フィンランディア　本日2時から!」という立て看板をみつけた。ラッキー、今日はこれだ!途中でショートカットしたのが間違いで迷ってしまい、通りかかった自転車の人に教えて貰って、やっと船着き場の前のマーケットに着くことができた。カミさんは少々おかんむりだ。マーケットで軽い食事をとった後、湖畔に沿って歩いてゆくとオラヴィンリンナ城へ渡る橋がある。その近くの日陰のベンチに座って、お城とそこへ出入りする観光客をぼーっと眺めて休んだ。町中にSAVONLINNAN OOPPERAJUHLATという旗がはためいている。7月5日から8月4日までの1ヶ月、お城で毎晩オペラが上演されるこのフェスティバルは100年目になるそうで、この期間に4万人超が訪れ、ホテルは満員(Malakiasも予約で一杯だそうだ)、ホテル代は高騰する。高級そうなホテルが並んだ道を通り、鉄道橋の線路脇を歩いて渡り、サーカス・テントのある広場へ着くと、もう音楽が鳴っていて、子供達が綿菓子やアイスクリームをねだっている。ピエロが入り口で子供と握手している。チケットを買う。なんと、ここでもシルバー割引券があった。こじんまりしたショウだが、観客席から飛び入りした人達もピエロと一緒に楽しんでいて、僕らも久しぶりのサーカスをすっかり楽しんだ。終わるとすぐに舞台に敷いてあった板を外しはじめる。もう、次の町へ移動する準備なのだ。夕食は中華レストランでとった。夕立が降ってきたので、タクシーを拾って宿へ帰った。

7月2日(火)、雨、気温15℃。今日は一日、どこへも行かないことにした。外をときどき傘をさした人が通るだけで、濡れた白樺の葉がチラチラとゆれ、その光が窓から入ってきてベッドシーツに反射する。Tシャツとパジャマのズボン姿で枕を背中にあて、雨の音を聞きながら、ベッドの上で本を読んだ。飽きたら下手な絵を描き、疲れたらベッドにもぐりこむ。私が持ってきたのは、グレッグ・モーテンソン、デイビッド・オリヴァー・レーン著「スリー・カップス・オブ・ティー」藤村奈緒美訳、である。カラコルムにある世界第2の高峰K2に挑み失敗した米国人登山家モーテンソンが、世話になったパキスタン辺境の村人に「学校を作る」と約束したことに始まり、現在も、パキスタン、アフガニスタンでイスラム教の女の子のための学校つくりに奮闘しているというノンフィクションだが、その凄まじい現実と実行力に圧倒される。フクシマで奮闘されている友人の井上さんのことを思い出す。こんなに静かで穏やかな場所と時があり、そこに僕はいるということがちょっと後ろめたい。

雨が小やみになったので、スーパーへ買い出しに行った。昼食用にピザ、夕食用にトナカイ肉とマッシュポテトのパック、サラダ、紅茶のティーバッグ(Russian Earl Grey)、ビール、リンゴなど。受付のおばさんから鍋や食器を借りてきた。

午後遅くに雨が上がったので、近所の住宅地を散歩した。どの家もいろいろな花で飾られ、手入れがゆきとどいて、薪が積み上がっている。しかし、ほとんど人影はない。おばさんに聞いたところでは、フィンランドの普通のサラリーマンは朝5時に起き、7時から16時まで働き(1時間の昼休み)、午後5時には夕食をとり、9時には寝る、とのことだ。

(ミッケリ　Mikkeli)

7月3日(火)、晴、気温15℃。ミッケリへのバスは宿のすぐ近くのバス停で乗ることができた。

バスはひたすら森の中の幅の広い道路を走る。ときどき「ムースに注意」という標識をみる。10時50分にミッケリ駅前に着いた。スーツケースをひきずって歩き出したら、通りかかった若者が「どこへ行くんですか」と聞いて、「それなら、私の行く方向です」といって先導してくれた。

ミッケリを代表するのは、何と云っても、英雄Mannerheim将軍である。広場には銅像が立っている。フィンランドの独立戦争における防衛軍の総司令部跡があり、将軍ゆかりの様々な建物や物が町のあちこちに見られる。今も広い軍隊駐屯地が大学のとなりにあって、軍服姿の人をよくみかける。地図をひろげてみると、ロシアのサンクトペテルブルグとフィンランドのミッケリとは、国境を挟んでほぼ等距離にあり、その間を4本の幹線道路が走っている。駅でヘルシンキ行きのキップを買おうと窓口に並んだ時、私の前はロシア人の家族で、サンクトペテルブルグへの直通列車の座席を予約していた。ホテルのロビーにはロシア語の新聞も置いてある。博物館は軍事的なものばかりで、見るつもりで博物館の前に立ってはみたが入らなかった。

教会からつながる道の先の広場には、例の如く、KauppatoriとKauppahalliがある。ここのHalli(屋内マーケット)は近代的なショッピングモールに吸収され、肉屋、魚屋、パン屋、菓子屋といった旧来の店は最奥に押しやられて、居心地が悪そうである。その旧来店の正面に、スープ、パン、ジュース(または牛乳)、コーヒーで6ユーロという店があった。ずっと気になっていたスープとパンだけの食事だ。列に並んでボウルにスープをよそってもらい、パンふた切れとクランベリージュース、コーヒーをトレイにのせて、おばあさんが一人で食べているテーブルに同席させてもらった。スープは素朴だがお腹にしみる味で、ちょっとボソボソの黒パンとよく合って美味しい。スープを飲み終わってしまったら、おばあさんが何やら云っている。どうやら、お代わりができますよ、と云ってくれたようだった。陽の当たるカフェには人がゆったりと座っていて、空はあくまで透き通り、穏やかな時間が過ぎてゆく。羊雲は動かない。列車もバスも1時間から3時間に1本程度。これがフィンランドなのだ。

次の日にまた広場を通りかかると、40代後半かなと思われる男に声をかけられた。「日本から？ロンドン・オリンピックでは日本はいくつ金メダルをとると思うかね」、「そうですね、水泳の北島くらいかなー」、「ユードーは強いじゃないか」、「えっ、ユードー?ああ、柔道ね。どうかなー、昔は強かったけど」、「体操はどうだ」、「そうですね。内村は有望かな」、「遠藤は強かったねー」、途切れることなく日本選手のデータが出てくる。嬉しいがちょっと付き合いかねて、いい加減なところで逃げ出した。日本で、「フィンランド人は親日的で、それは日露戦争でロシアを打ち負かしたため。その証拠に、フィンランドにはアドミラル・トーゴー（東郷元帥）という銘柄のビールがある」という話をよく聞いていたが、スーパーでもカフェでも、Stockmannのデパ地下でも見たことはなかった。

この日はゲルギエフ音楽祭のコンサートの予定だが、まだたっぷり時間がある。INFOで貰ったミッケリの観光案内パンフをみたら、Charming Gardensというページがあった。ミッケリの町の周りにはいろいろな美しい庭があるようで、Kenkavaro's organic gardenなら歩いて30分くらいなので行ってみた。そこは湖の畔にある瀟洒な木造の家の庭で、花盛りであった。特に牡丹が見事だった。テントの下で作業をしている東洋系の若い女性がいたので何気なく近づいたら、「写真をとりましょうか」と日本語で話しかけられた。フィンランドの大学で勉強して4年になる日本人女性であった。「ええ、去年の夏休みには皿洗いのアルバイトをやってました。今年は、伝統手芸のフォーラムに参加したくて、ここにいます。」といいながら、白樺の皮を丁寧にはがして、籠をつくる素材を準備しようと手を動かしている。「フィンランドは徴兵制です。高校卒業すぐに1年間の兵役をすませる人が多いです。兵隊は週末には家に帰ります。お二人がカヤーニで目にされたのは、そんな場面じゃないでしょうか」、時折訪れるフィンランド人となにげなく会話している様子から、彼女がフィンランドにすっかり溶け込んでいるのがよく分かった。持っていた柿ピーを一袋進呈して別れた。

〈ゲルギエフ音楽祭〉

ヴァレリー・ゲルギエフは旧キーロフ劇場(現マリインスキー劇場)管弦楽団の指揮者として、ソ連崩壊後の混乱から同劇場を立て直し世界的な地位へ引き上げたこと、および、その特異な風貌と情熱的なパフォーマンスでよく知られている。この音楽祭はすでに20年になるが、ミッケリで行われている理由の一つは、ゲルギエフのサマーコテージがミッケリにあるからだそうだ。7月4日のプログラムなどは以下の通り：

指揮と独奏バイオリン：Rainer Honeck（ウイーンフィルのコンサートマスター）

曲目：モーツァルト　バイオリン協奏曲第5番　イ長調

モーツァルト　交響曲第36番「リンツ」　ハ長調　　休憩を挟んで

シュトラウス一家のワルツ9曲＋アンコール1曲

場所：Martti Talvela Concert Hall

6時前にホールに着いた。予約チケットの受け取りにはまだ早いので、白ワインのグラスをもって池の端のテーブルに座っていた。対岸ではまだ日光浴の人達がおり、サウナ小屋から煙が上がっている。シャンパン・グラスを持った感じの良い老夫婦が「一緒にいいですか」といって同席し話が始まった。サヴォンリンナから移動してきたといえば当然オペラの話になる。「あのオペラ祭は私たちの誇りだけれど、残念なことに、ソリストはいつも外国からなんですね。フィンランドにもいいソリストがいるのに」という。

座席は前から5番目の列のほぼ中央、ゆったりしていて、足を曲げなくても前を人が通れる。結構ロシア人が来ている。中にはオケのメンバーの知り合いらしい人もいた。ロシア女性はおしゃれで綺麗だ。

演奏は素晴らしかった。「リンツ」の第3楽章での唸るような弦の響きには驚いた。ウインナワルツも良かったが、ウイーンというよりチャイコフスキーのワルツのように鳴るのが面白かった。

ワルツのセッションの前にかなり長い休憩時間があり、皆さんロビーのテーブルに着いてケーキとシャンパン(あるいはコニャック)を楽しんでいた。眺めていたら、公式カメラマンが通りかかって「お写真とらせて下さい」という。二人でカメラに収まった。来年のプログラムに載るかもしれない。

終演は10時過ぎだったが、まだまだ日は高い。のんびりと歩いてホテルへ帰った。マーケット広場を横切っていると、カフェでネクタイをした男性と子供がアイスクリームをなめていた。彼はコンサートのポスターを持っていた。目が合ったので「貴方も?」のつもりでポスターを挙げたら、彼も笑顔でポスターを挙げて応えた。なんとなく嬉しかった。

午後11時ころ、ふと窓の外をみたら、南南東の低い丘の上に満月がいた。月は薄明るい空を南の方へゆるゆると昇っていった。2時頃には南南西へ沈んだのだろう。


(**旅終わる**)

7月5日(木)、晴。10時発の列車でヘルシンキへ。Lahtiあたりから家並みが途切れることがなくなり、ああ、大都会へ帰ってきてしまった、と思う。12時48分、ヘルシンキ駅に着いた。例の安宿に入り、少し休んでから、イッタラ(iitala)の陶器とお土産を買うためにStockmannへ行く。夕食はロシア料理にしようかと、ホテルの受付の女性に聞くと、「ええ、ありますが、私は好きではありません」という。「じゃ、何が好き?」、「私は南欧系が好きです。近くに良いギリシャレストランがありますよ」。教えて貰って探したが見つからない。結局、たまたま話しかけてきたイスラエル人の青年が推薦するイタリア・レストランで食べた。4時半に入ったのだが、ウェイターも誰も嫌な顔ひとつしない。5時頃になると満席になった。なるほど、おばさんが云った通りだ。ホテルへ帰ってシャワーを浴びて寝転ぶ。もう何もする気が起きない。窓の下の小路は相変わらず賑やかであった。

〃旅終わる　白夜は続くヘルシンキ〃

7月7日(土)　成田着

7月9日(月)　近くの公園へホタルを見に行く。

7月13日(金)　今年はじめてニーニー蝉の声を聞いた。

〃初蝉や　スオミは遠くなりにけり〃

蕎麦そばソバ

（1）

外国旅行から帰ってきて真っ先に何を食べるかといえば、それはソバである。ラーメンもいいが寿司ではない。やはりソバである。ごく普通の「そば屋」のソバである。神田の「藪」や大町の「小林」のような老舗の手打ち蕎麦ではなくて、カレーライスやら、月見うどんやら、親子丼なども供する、どこにもある「そば屋」のソバである。ちょっとのび加減で乾いたりしていて盛りがよくて安いのが良いのである。ツユにも拘らない。妙に醤油味がはっきりしているのがよい。大根おろしも不要である。山盛りの練りワサビがついていて、それとネギを入れて食すると鼻にツーンときて涙が出るのである。急いで食べるとつかえて、あわてて胸を叩きながらすするのが良いのである。あー、日本に帰ってきたなー、と思うのである。

（2）

毎年十月末に僕は大町の倉科製粉所に電話を入れて、最高級の新そば粉「安曇野」5キロを注文する。「安曇野」とはいっても、この季節は北海道産（音威子府や幌加内など）の粉で信州産ではない。しかし、良い粉であることに変わりはない。届いたらすぐに500ｇずつにポリ袋に小分けして冷蔵庫の野菜室に貯蔵しておく。こうしておけば、半年は風邪をひくことはない（＊）。

蕎麦打ちは母の里・福井県越前市に住んでいる従兄から教わった。もうかれこれ30年以上も前のことで、その後、かるく二百回以上は打っただろう。しかし、毎度違うものになる。最近は、自分で云うのもなんだが、かなり洗練されてきた。しかし、どうも初めの頃の無骨なものの方がよかったような気がする。では、それはどんなものだったのか。思い出せない。今のは「どうも違う」と感じるのだけれど、「どうしたらよいのか」分からない。昔のスキルには戻れないのである。まあ、所詮、「蕎麦」は「そば」だと開き直るしかない。

（3）

母は福井県今立郡野岡で生まれ育った。そして、神奈川県横須賀市の薬局の二代目・晃蔵のもとに嫁いだ。僕は二人の間の長男として真珠湾の前年に生まれた。戦争末期、横須賀は危ないということで、母と私は福井の母の実家に預けられた。福井の家の記憶は多々あるが、どれも断片的で、それが疎開時のものかどうかも判然としない。

野岡は武生近くの農村である。冬は軒先までの雪で一階の部屋は暗かった。夏には田んぼに蛍が飛んだ。取ってきて蚊帳の中に放して、それを見ながら眠った。便所は庭に建っており、夜中に行くのは怖かった。蔵の脇に桐の木があって、昼はフクロウが薄眼をしてとまっており、夜になると〝ゴロスケ、ホー、ホー〟と鳴いた。うす気味悪かった。時々、ネズミを狩って翔ぶ羽音が聞こえた。垣根には大きな青大将が這っていた。垣の外には粟やトウモロコシの畑があった。

家に入ってすぐの所は土間で馬がおり、その脇に板の間があった。そこは祖父の仕事場で、いつも樫の木を削って鍬の柄を作っていた。冬には稲藁を叩いて草鞋(わらじ)を編んでいた。その奥は仏壇のある広間で囲炉裏が切ってあった。その傍では祖母が石臼を回して蕎麦を挽いていた。祖母が打ったソバは黒々としており、太くて無骨だった。子供の頃は好きではなかった。

越前のソバは〝おろしそば〟である。近くの蕎麦屋に出前を頼むと、茹でたての蕎麦を入れた浅めのドンブリ鉢が並んだ岡持ちと、薄口しょう油とたっぷりの大根おろしを合わせたつゆの入った薬缶が届く。ドンブリ鉢の蕎麦に刻みネギと花鰹を乗せて、その上からツユをぶっかけて、混ぜながら食べるのである。素朴でつくづく美味しい。何杯でも食べられる。政子おばさんがまだ健在だった頃、金沢での同窓会の帰りに立ち寄ったら、伯母さんが出前を頼んでくれた。その時の大根おろしの辛いったらなかった。そこで一句、

〝越前の蕎麦は懐かし辛いのーォ〟

僕は祖母が使いこんだ樫の蕎麦延べ棒を使って蕎麦を打つ。打ったら必ず、最後には、「おろしそば」で食べるのである。

（2017年6月13日）

（＊）そば粉が「風邪をひく」と、うまく繋がらなくなるし風味がなくなる。

写真を捨てる

溜りにたまったアルバムの写真を捨てている。引越しが直接の動機なのだが、いつかは身辺整理をやらねばと思っていたところでもあった。

始めてみると捨てることにまるで違和感もためらいも感じないばかりか、かえって気持ちが軽くなってくるのが意外だった。

当然のことだが、ほとんどの写真には自分の姿が写っていて、その一枚一枚から当時の状況や感情が立ち昇ってくる。撮影されたその瞬間では、そこに映っている人物や職場などのその後を知る由もなく、僕はただ笑っていたり、はにかんでいたり、にらんでいたりしているのだが、今になってみれば、自分も含めてのその後を知っていて、何がしかの後悔や心の痛みや恥ずかしさなしに正視することができない。

結果がよければよかったで、自分にそんな資格があったのかしらと思うし、芳しくなければ、もう少しやりようがあったかもしれないと思ってしまう。そんなこととも知らずに、呑気に遊んでいたり、偉そうな顔をしていたり、乾杯をしていたり、講演をしていたり、どれもこれも、何の疑いもなく、いってみれば、得意満面なのである。恥ずかしい。こういう写真を破って捨てることで、僕は解放されているようだ。

他方、捨てられないものもあることが分かってきた。仕事がらみとはいえ、パリやリヨン、ボルドー、ノルゥエーなどで妻と一緒に写っているものである。同じ状況で仕事仲間と一緒に写っているものは平気で捨てるのに、妻と一緒のものは捨てようとは思えないのである。別に義理立てしているわけではない。見ていると、その時の楽しい幸せな気分が思い出されて、これから先、どちらかが先に逝った時に、昔の幸せな記憶を思い起こす術になるだろう、その術を捨てることはできない、と思ったからだ。そんな発見ができたことは幸せであった。

（２０１６年10月頃）

苗場山とシシウド

空

空を見ている
ここに越してきて、あらためて、僕は空が好きなんだと思った

今日は強い冬型の吹き出しで、
相模湾の上あたりには点々と雲が湧いているし
青空も所々で、かすみのような雪雲のようなものが　流れ落ちたりしている

富士の頭はすっぽりと雲の中だ
丹沢は冬らしく雄々しく連なっていて、
見ていると、
冬枯れの林の中の雪道につづいている山靴の跡や
吹きわたる冷たい風を感じることができる

黒いくらいの蒼空にタムセルクはヒマラヤ襞をまとって聳えていた

ガスが山稜を駆け下りてくると
それまで鮮やかな赤や黄に燃えていた雪倉岳は
あっという間に消えてしまった

地吹雪の中をラッセルしていて、ふと目を上げたら、一瞬、
ニペソツの鋭い頂きが浮かび上り、そして、消えた

すっくと立ちあがるドゥ・リュ針峰
なんという魅力的な岩峰だろうか

でも、もし空がなかったら……、

クライマーは挑むだろうか?

そうか、
空がなければ山はないんだ

（2017年1月15日）

水曜日は

水曜日は
天気が良ければ山歩きにでかける

今年は春が遅かったけれど
ここ森戸川林道にもニリンソウやスミレが咲きだして
光は木々を透かして降りそそぎ
遠慮がちな鳥の囀りも聞えてくる。
水溜りをよけたり跳びこえたりしながら歩くのは
なんと素敵なことだろうか

（自主避難者の住宅の無償提供が打ち切られた。国の責任をどう考えるか）
（福島県に窓口をお願いしている。国はサポートする。）

森戸川はまあ小川といってもいい位のものだが
生意気にも気ままに蛇行していて
所々に、ままごとのような小さな淵や瀬もあるし
枝沢の中には背丈くらいの滝で合流するのもあって、
思わずニンマリしてしまうのだ

（対策を立て直す必要はないか）
（このままでいきたい）

にぎやかな子供たちの声が聞こえてきた。
林道の入り口近くの保育園の園児たち
長靴を履いて箱庭のような河原に下りて、
川に入ったり
何かを拾ったり
石をひっくり返したり

〝センセー、魚がいたよー〟と、楽しそうだ。
僕は林道から〝おはよー〟と挨拶して通りすぎた。
（路頭に迷う家族もいる。どう対応するつもりか）
（基本的には本人が判断することだ）

しばらく行くと杉林の中の広場に出る。
ここでは川は道から離れて勝手に光って流れている
道の脇にはベンチがあって
どこやらの「歩く会」の方々が賑やかに休んでいた。

〝どちらへ？〟
〝二子山へ行こうかと、でも、雨上がりなので――　お宅は？〟
〝中尾根から乳頭山です〟
〝お気をつけて〟
〝お気をつけて〟

（それは復興相が実情を知らないからではないか）
（人のせいになんかしてないじゃないか。誰が人のせいにしたか）

林道の終点で沢は均等に二分され
右へ行けば南尾根への径
左へ行けば二子山への径
沢を渡れば中尾根の取り付き
で、僕は沢を渡った。

（帰れない人はどうするのか）
（それは本人の責任でしょう、本人の判断でしょう）

すぐさま急な登り、枝や木の根っこを掴んで、
土はまだ乾ききっておらず滑りやすい
小さな段差に靴底を置いて

ゆっくりと、でも着実に
体を引き上げてゆくこの楽しさ

（自己責任か？）
（基本はそうだと思う）

小さくても低くても山は山で
二子山山頂の電波塔と
高圧送電線の他は
視界のすべてが山で
その中を一人歩くこの嬉しさ

（国はそういう姿勢なのか）
（一応の線引きをして進んできたわけだから、不服があれば、裁判でもなんでもやれば——）

道は忠実に狭い尾根筋にそっており

両側は沢へと急に落ち込んでいて
いくつもの小さなピークを登り下りする
陽光と微風、ガビチョウの声、足下にはスミレ
握り飯のなんという美味しさ

（自主避難者には補償金はでていない）
（ここは論争の場ではない）

急ぐ必要はない
枯草の上に寝転べば春の青空
だけどまだ冬の雲
陽光と微風のまどろみ

（責任をもってやってほしい）
（やってるじゃないか。無礼なことというな。撤回しなさい）

夢を見た

僕は都心から帰るところである。

永田町の国会周辺か日比谷高校の近くのようにも思えるし、新橋かもしれない。

「どこか」へ帰ろうと電車に乗る。その「どこか」は横須賀の家(母はまだそこにいて)のようにも、二子玉川のアパートのようにも思える。

車内は帰宅する勤め人で混んでいて、皆、むっつりと黙って立っており、停車する駅毎に当たり前のような顔をしてそれぞれ降りてゆく。

ふと気がつくと、電車は見慣れない郊外を走っており、外は真っ暗である。井の頭線のようにも思えるし、東上線かもしれないし、とにかく帰るべき方向ではないというのは分かる。

次の駅に着いたら、そこは何となく知った場所で、そうだ、ここで下りて隣のホームに来る電車に乗り換えればいいんだ、と思う。

ところが、乗り換えた電車はまた僕を知ったような知らないような場所へと連れてゆく。

また、「あっ、ここだ、ここだ、」と思って乗り換えるが、ますます変な方角へ行ってしまう。でも、駅員に聞くでもなく、僕はただただ焦って「どこか」へ帰ろうとしている。そんな夢である。

なんでこんな夢を見るんだ、と思いながら目が覚めた。

（撤回はしない）
（しなさい。出ていきなさい。）

いつのまにやら日が陰って
少し風も出てきた。

（避難者を困らせているのはあなただ）
（うるさい）

僕は起き上がってまた歩き出した。
しばらく行くと、キレットへの急な下り、南沢と北沢の乗越である。
また急な登り
椿の林をからんで行くと開けたところへ出た。
送電線の鉄塔が立っている
北には横浜方面の展望（ベイブリッジもみえる）

南には南尾根の連なり（もう、同じ高さだ）
近くでコジュケイが　〝ちょっと来い〟
と鳴いた。

風が冷たい

乳頭山に着いた
さらに足を延ばして、椿のトンネルをくぐって、畠山に至る。
眼下には横須賀の軍港
米空母「ロナルド・レーガン」と海上自衛隊のヘリ空母「いずも」
孟宗竹の林を下るとバス通り、汐入へ出て京急で帰った。

（2017年4月9日）

背信

背信という言葉は信仰を持たぬものには無縁なのであろうか
信じるものを持たないのも又背信なのではなかろうか

信じることを拒絶し
信じることに後ろめたさを感じ
何かを信じる人たちを嘲り
　そうして生まれた穴ぼこに　理由のない優越を感じる

裏切り
　誰でも裏切れる
　　気がつけば山盛りの裏切り

日が輝いて沈んでゆく
山の端は黒く
空は　朱から紅、浅黄色、青、そして、
暗黒へと変る

　気がつけば、窓から月の光が差し込んでいて
オリオン、シリウスが瞬いていた

トイレの便座にすわって考える
（まもなく夜が明ける）
（富士は再び紅いに染まるだろう）

そして、……

君は僕を信じられるか

（2017年1月14日）

釈尊は

宗教について考える。パレスチナ問題やらも考える。最近は、仏教関連本(末尾)を読み、少し考えてきた。釈尊は何を悟った(覚った)のか、なんとなく分かったような気がする。書いておこうと思う。

ユダヤ教、キリスト教、イスラム教は、成立から見れば、ユダヤ教→キリスト教→イスラム教の順に中東地域の文化・歴史の上に生まれた宗教である。ユダヤ人の神話ともいえる旧約聖書が基盤のユダヤ教、そこから分派したキリスト教、さらにアラブ化したのがイスラム教といえよう。いずれも一神教である。

これら3教の始祖達(モーゼ、キリスト、モハメド)は、民族を救うために「唯一神」から遣わされた預言者とされている。従って、否応なしに、救いの対象は人であり、特定の民族色を拭い去ることは難しい。また、迫害へ対応したためか、異宗教(民族)や異端に極めて厳しい。黒白をはっきりせずにはすませない。

そもそも宗教の宗祖は実在の人物であり、それぞれの出発時点では世間的にはマイナーな存在だったはずだ。モーゼは、エジプトのユダヤ人抑圧に抵抗した指導者であった。キリストは、ローマのユダヤ抑圧への抵抗の象徴であった。モハメッドはアラブの名家に生まれ、釈尊はインドの王家に生まれた。

モハメドは40才のころ瞑想中にアッラーの啓示を受けイスラム教を説きはじめるが、アラビア人の伝統は多神教であり、迫害された。逃れたモハメドは敵対者との戦争を繰り返しながらイスラム教を拡大し、ついにアラビア半島をイスラム教に統一した。これは7世紀のことである。

釈尊は、紀元前463年から383年ごろに、今のネパールの西方にあったサーキャ(釈迦)国の王子として生まれ育った。しかし、突如、恵まれた生活から蒸発し、苦行集団に入って衆生の苦しみについて考えるが、6年経っても答えは見つからず、集団を離れ、静かな林の木の下で座禅を組み、そこで覚りを開いた。

その覚りとは、つまるところ、色即是空、空即是色、と僕は理解した。なにごとも、どんな事象も事物も、生き死にさえも、認識しなければないのと同じだ。僕なりに解釈すれば、自然科学で何かを分かったというが、それは科学者がテーマとしたからであって、だれの関心もなければ、宇宙は存在してもいない。

人は生まれ、生き、老い、病を得て、死ぬ、また、愛するものを失う、人を恨み憎む、何かを手に入れようと渇望する、煩悩が燃え盛る、そして落胆する等々、苦しみの連続である。たまには嬉しいこともある、喜びもあるが、長続きはしない。苦は執着の結果である。執着しなければ苦しみはないのだ。

たぶん、これが釈尊の覚ったことなのだろうと思う。しかし、釈尊はそもそも自身が、こういった苦しみを心底から経験したのだろうか。彼は恵まれた境遇に生まれ育ち、才能にも恵まれたのに、何故にそこからドロップアウトしたのだろうか。仏教の解説本からは、その点があまりはっきりしない。

寂聴さんの本では、釈尊が16、7才の頃、初めて東、西、南の門を出て城外へお出ましになり、よぼよぼの年寄り、熱病で苦しんでいる病人、痩せさらばえた死人を見てショックを受けた。最後に北の門を出たら、非常に気高い顔をした托鉢出家行者に出会い、それで自分も出家したいと思った、とある。

いうなれば、頭の良い世間知らずの良家のボンボンが、恵まれた境遇に疑問を抱いて修行に出たわけだ。その行とは、古くバラモン教からヒンドゥー教へと引きつがれたヨーガだろう。心身を鍛錬によって制御し、精神を統一して、輪廻転生から離脱(解脱)しようとするもので、今のインドの精神性に繋がっている。

しかし、釈尊はそこでは答えをみつけられず、修行集団から離れて、ひとり瞑想にふけった。なぜか。僕の勝手な想像だが、カーストと関連があるような気がする。ヒンドゥー教はカースト制度を引き継いでおり、カースト変更の機会は輪廻転生しかない。カースト外の不可触民は畜生と同等の存在とされた。

そもそも釈尊個人が解脱（輪廻転生から離脱）するためなら、はじめに加わった修行集団で目的を達することができたはずだ。しかし、彼は不可触民が解脱の埒外であることに気づいてしまった。カースト内の者だけが解脱するための修行になんの意味があるのか。そして、独り考え続けた。その結論がこの覚りなのではないだろうか。

では、なぜ輪廻転生からの離脱（解脱）が人生最大の目標なのか。再び勝手な解釈だが、カースト内の人間にとっては、輪廻はいわばロシアンルーレットであり、畜生や不可触民に生まれ代わる恐怖がある。功徳や修行を積んで解脱することで、この恐怖のルーレットから外れて安心することができるのだ。

ところが、不可触民はカースト内へ生まれかわる可能性もなく、永劫の苦難あるのみである。釈尊は、このように差別されていた不可触民や女性も解脱できるとした。これは不可触民には希望だが、既得権層からは反発を受けたに違いない。釈尊は鍛冶屋の出した食事に当たって下痢をし、衰弱して死んだという。

釈尊の云う覚り、「色即是空・空即是色、執着を捨てよ」、はカースト内外の区別なしに通用する。カースト内の者へは〝あなたの地位や職業やよい生活は所詮は空だ、執着するな〟といい、カースト外の者には〝貴方も解脱できる。苦しいだろうが恨むんじゃない。苦は心の持ちようなのだ。〟と云ったのではないか。

こうした反カースト的な釈尊の教え(仏教)は一時期インドで勢力をもつことができたが、5世紀以後に勢力を失った。インドには今もヒンドゥー教とカースト制度が息づいている。不可触民差別は、日本での部落や朝鮮人差別、米国での黒人差別、欧州でのユダヤ人差別と同じではないだろうか。「差別と宗教」についてはいつか考えてみたい。

差別とは、ある特定集団の人を人と認めないことだ。人権という言葉がある。法律的には、法の下の平等の権利として表現できる。差別された集団は、米国では公民権運動、南アでは反アパルトヘイト運動、等々で、具体的な権利を獲得(あるいは回復)してきた。これは大切なことだが、これで人と認められたのだろうか。

日本では憲法に基本的人権が掲げられ、法律に基づく施策によって、少なくとも建前上は担保される。しかし、相模原の精神障害者施設や別の老人介護施設での施設職員による殺人事件をどう考えたらいいのだろう。殺人を犯した職員にとって、精神障害者やボケ老人は人ではなく、「価値がないもの」だったのではないだろうか。

自分にひきつければ、死ぬことは大したことではないが、老いてゆくしかないわけで、老いの未来は想像したくもない。生きつづける価値があるのか、と自らに問いかける。でも、これはすごく危険な罠なのだ。西部邁の自死(あれは自死ではないらしいが)と施設殺人の根は同じなのだと思う。

障害者の強制不妊手術も同根なのだと思う。

憲法の生存権に基づいて、「健康にして文化的な最低限の生活を保障する」ために福祉制度がある。しかし、膨らみ続ける負担に耐えられるか、誰が負担するのか。私は老人となって、世間からの無言の冷たい視線を感じる。重度の障害児をもつ家族はましてやだろう。「当然の権利だ」だけで解決するだろうか。

今、日本では貧富の差が拡大し、職業も連動して階層が固定化され、世襲化されつつある。これはカーストではないのか。カースト化を防ぐのは政治の役割だ。他方、経済も科学も、ただただ拡大発展しようと狂奔し、昨日の優良企業も明日には破綻する。その中で人は自分を見失って、弱者へ怒りをぶつける。

差別する〝心〟をどうしたらいいのだろう。今は、なんとなく〝尊厳〟という言葉を思い浮かべている。人権だけでは不十分、だれにも、どんなものにも、生まれも能力も関係なく、尊厳がある、と思いたい。釈尊が不可触民も女性も解脱できるとしたのは、〝ひと〟としての尊厳に気づいたのだ、と僕は考えたい。

唱えよう、〝色即是空、空即是色、欲をかくのは程々に、どんな人にも尊厳がある〟。


（２０１８年５月26日）

追記：ドイツ基本法第一条の（1）に、「人間の尊厳は不可侵である。これを尊重し、および保護することは、すべての国家権力の義務である。」とあることを知った。

参考図書

瀬戸内寂聴「寂聴・般若心経―生きるとは」（中公文庫）
梅原　猛「梅原猛の授業　仏教」（朝日新聞社）
川崎信定「原典訳・チベットの死者の書」（ちくま学芸文庫）
植木雅俊「１００分ｄｅ名著 法華経」（ＮＨＫ出版）
宮元啓一「ブッダのことば」（春秋社）
正木　晃「現代日本語訳　日蓮の立正安国論」（春秋社）
五木寛之「親鸞　上下」（講談社文庫）

冬の丹沢

2018年の日記から

6月9日、近くの古い団地の道端にヤマモモの木が数本あって、この季節、熟した実が道に落ちる。毎年拾ってジャムを作っている。今年もその季節が来た。毎朝、5時半ごろに目が覚めると拾いに出かける。

今年は不作だ。昨年の秋に剪定が入ったためかもしれない。拾ってきた実には小さな虫や時にはカメムシもついているし、泥もついているので、水でよく洗う。洗った実は冷凍庫に貯めておいてジャムを作る。昨年は数キロもとれて、ジャムを入れる瓶を近所の友人から貰った程だったが、今年はそんな必要はなさそうだ。

同じヤマモモの木でも、大粒な実のなる木と小粒な実のなる木があって、小粒の方が少し先に熟す。ムクドリはこの小粒の実を好むようで、嬉々として樹の中へ飛び込んで行く。僕は大粒の方である。

6月13日、今朝、ホトトギスが鳴いた。例年、5月末には声を聞くのだが、昨年は一度も鳴かず、今年もまだかまだかと耳をそばだて、今年もだめかと諦めかかっていたので、二人して喜び合った。

すぐ近くで何度も鳴いた。軽井沢のホテルで朝食をとっているような、なんとも優雅な気分であった。ホトトギスに感謝。

6月20日、雨が降っている。ホトトギスは鳴かない。ヤマモモも濡れているだろう。こんな日に家の中で音楽を聴きながらぼーっとしていられる、なんという贅沢なのか。今日は僕が炊事当番だが、昨日つくったボルシチが残っているので夕食の献立を考える必要もない。掃除をしてからコーヒーでも淹れよう。

6月30日、この数日、強い風が吹いて空が青い。今朝は久しぶりに富士山がみえた。細い雪渓が頂上付近に見えるだけで、青い夏の姿である。梅雨明けだと気象台はおっしゃる。児童遊園地へ歩きに行ったら、ニーニー蝉の声を聞いた。本当に梅雨が明けたのかもしれない。

7月3日、重度の脳障害の息子を持つインド人夫婦と付き合っている。手製のヤマモモのジャムを届けに行ったら朝食を食べていて、お相伴にあずかった。いろいろな豆の粉のミックスをクレープみたいに焼いたものに、スパイス・ミックスやケチャップをつけて食べる簡素なものだ。彼らの静かな生活態度にはいつも感心する。

7月20日、昨日は、北大山スキー部ロートルOB恒例の中華街集会だった。酷暑にもめげずに12名が集り、料理と生ビール、紹興酒を堪能した。最高齢82才、大半が70才超である。介護の日常、暇すぎる日々、鬱状態、等々から一瞬でも離れて、昔話や、先輩・後輩の噂話にふけった。

7月30日、25日から27日にかけて苗場山へ行った。赤湯温泉→苗場山→和田小屋というコースで、後輩3人が付き合ってくれた。赤湯から頂上までの標高差1000mの6時間半はしんどくて、衰えを痛感した。でも、次の日に山頂から朝日に輝く山々を眺めていると、性懲りもなく、また来年もどこかへと思うのだった。

8月14日、昨日の夕方、西から黒雲が押し寄せてきた。相模原の方角は豪雨かと思うくらいにけぶり、早くもピカッと稲妻、数秒後に雷鳴、まだ遠いなと思った。下の公園をみると、男の子が数人のんきに遊んでいる。と、ダダーンッと近くで雷鳴、僕は公園へ走って〝早く逃げろ〟と怒鳴り、なんとか取り込んだのだった。

8月17日、乾いた北風がふいて一日中本当に体が楽だった。なにせ今年の夏の暑さは異常だったから。ツミ(小型の鷹)の幼鳥が飛ぶのを見た。ワインを飲みながら、夕焼けにくっきり浮かぶ遠くの山々のシルエットを見えなくなるまで眺めた。

8月25日、町内会の祭り初日。8時から設営・テント張り、椅子だし、領収書の宛名書き、11時に鶏肉搬入、解凍手伝い、等々。午後は1時から6時すぎまで焼きそば作り。普段は人をみかけない団地が人であふれ、年寄りは嬉しそうにウロウロし、かき氷を食べるゆかた姿の女の子、焼き鳥・焼きそば売場は長蛇の列。腰が痛い。

8月31日、最近ずっと、誰が何を云おうが、何を書こうが、伝わる人は決まっていて、伝わらない人には伝わらない、だから、何かを云ったり書いたりすることは不毛だと思い続けてきたが、毎日新聞夕刊に連載中の小説「炎のなかへ：アンディ・タケシの東京大空襲（石田衣良）」に圧倒されて、本当の言葉には、やはり力があるのだと思い直した。

9月2日、涼しい。こうして雨の音を聞いていると情景がうかんでくる。唐松林の中の道を歩いている。霧が流れる、物音ひとつしない。ヤマアジサイやアザミの花も濡れそぼっている。風が吹くと雫がふりかかるが、濡れるのもまた良いものだ、夕方までにひなびた温泉宿へ着けばよいのだから。うん、山へ行こう。

9月4日、版画つくりにも疲れて、久しぶりに図書館へいって肩の凝らない本を借りてきた。吉行淳之介・開高健「対談〝美酒について〟」である。出版時（1985年、当時私は40才）には面白かったが、今あらためて読んでみると、偽悪趣味と薀蓄ばかりが鼻についてつまらなかった。時代は移り、僕も年をとった。

9月6日、今朝方、北海道で強い地震があった。日高山脈つけね付近を震源とする地震で、広い範囲で震度5以上の揺れになった。最大震度7、札幌でも震度5強だという。8月中頃に定山渓の古川と「札幌は地震がなくていいよなー」と電話で話したばっかりだったので驚いた。世は乱れてをるのだ。

9月11日、無駄なことだと分かっていながら、いつも何かにこだわって考えては疲れてしまう。

そんな時に僕は山の古典をひろげる。ヘルマン・ブール「八千米の上と下」、リオネル・テレイ「無償の征服者」、ワルテル・ボナッティ「わが山々へ」、大島亮吉「山―随想」、板倉勝宣「山と雪の日記」などである。

板倉勝宣の文には土地の言葉がよく出てくる。例えば、槍ヶ岳の帰途に嘉門次の小屋にて、〝わらじごと炉に足を入れて猪の皮の上に腰をかけた。嘉門次さんは「さぞ寒むかっつろ」といって作業服をぬがせ、自分の着物を貸してくれた。〟といった具合に。

もう一つの特徴は、肩の力がぬけていて、愉快に満ちていることだ。結構たいへんな山行でありながら、まるでそれを感じさせず、むしろ楽しんでいるようにさえ見えるのだ。

今は山も人も変わって、ネットには自慢げな写真、動画、ブログが溢れているが、どれを見ても、楽しくもないしワクワクもしない。たぶんそれは、僕がすれっからしになったからだし、山にロマンがなくなったからだろう。でも、行ける間は山へ行こうと思う。小さくても自分の愉快がきっと見つかるだろうから。

10月17日、八ヶ岳連峰の中ほどにある天狗岳（２６００ｍ）へＯＢ四人で行ってきた。稲子湯↓中山峠↓黒百合ヒュッテ（↕天狗岳）↓渋の湯と、連峰を東から西へと横断するコースである。山麓は紅葉、ヒュッテではにわか雪、早朝はマイナス３℃で薄氷がはっていた。山頂近くでカモシカの親子に遭遇した。良い山行だった。

11月21日、横須賀美術館で開催されている「矢崎千代二展」をみてきた。汐入出身の画家で、黒田清輝門下として油絵で頭角を現したが、のちにパステル画に変わり、世界中を旅しながらパステル画を描き続けた画家である。どれもが魅力的で、行った甲斐があった。鑑賞後、近くでさしみ定食を食べた。

12月26日、今年も終わる。昨日、有隣堂へ行って、アンゲラ・メルケル著「わたしの信仰　キリスト者として行動する」(新教出版社)を注文し、島田裕巳著「「オウム」は再び現れる」(中公新書ラクレ)を買ってきた。島田さんの本を読み始めたら、思い出すこと、思い当たることが多すぎて苦しくなり、一旦は屑籠へ放り込んでしまったが思い直して、最後まで読もうと拾い上げた。

僕はまあサイエンティストの端くれで、論理性と合理性を信条としてきたのだが、ふと、それだけで済むのかと思ってしまった結果が、拙稿「釈尊は」だった。

過日、元ISO/TC194での友人Wolfgangがビジネスで来日し品川で会った。彼は面白い男で、スピリチュアルやダライ・ラマにはまっていて、70才になったらチベットの霊山カイラスへ巡礼に行くと云う。どうやら彼も西欧合理主義に疲れているようだ。しかし、「オウム」をふり返れば、生半可にヨーガやチベット仏教に近づきすぎるのもどうだろうか、火傷しそうだ。

そうだ、「山」へ行こう。

山はいつもそこにあって

カントリー＆ロッホローモンド風味で　　　　作詞作曲　中村晃忠

若い時に山へ行った　夏の日高へとでかけた　沢を登り藪をこいで
疲れ切ってカールについた
俺たちは俺たちは俺たちは　今ヘロヘロで　俺たちは俺たちは俺たちは　今山にいる
山はいつもここにあって　ここにはいつも自由がある

年をとって足は弱り　膝が痛み息はきれる　それは俺もきみと同じ
高い山は遠くなった
俺たちは俺たちは俺たちは　でも気は若い　俺たちは俺たちは俺たちは　まだ山へ行く
山はいつもそこにあって　そこにはいつも自由がある　そこにはいつも自由がある

●著者プロフィール

中村　晃忠（なかむら　あきただ）

1940年　横須賀に生まれる
1958年　北海道大入学　スキー部山班で活動する
1962年　北海道大医学部薬学科卒
国立衛生試験所（現・国立医薬品食品衛生研究所）入所
（医薬品分析、有機合成化学、アレルギー性接触皮膚炎、
化学物質のリスクアセスメント、医用材料の安全性評価、
などの研究に従事）
2000年3月　定年退職
2000年～2010年　コンサルタント業「医療機器の生物学的評価」に従事。
「医療機器臨床試験研究会」を主宰

著　書

・医療用具の臨床試験–その実践的ガイダンス：Nancy J. Stark著，中村晃忠編，サイエンティスト社
・バイオマテリアルと生体–副作用と安全性：佐藤温重，石川達也，桜井靖久，中村晃忠編，中山書店

山は心の支えだった　ISBN 978-4-86079-090-5

2019年7月26日　初版第1刷
著　者　中村　晃忠
発行者　中山　昌子
発行元　サイエンティスト社
〒150-0051 東京都渋谷区千駄ヶ谷5-8-10-605
Tel. 03（3354）2004　Fax. 03（3354）2017
Email: info@scientist-press.com
印刷・製本　シナノ印刷株式会社